A Guide to
English Translation and Writing

戰勝英文
翻譯與寫作

學好文法，寫出流暢短文

EZ TALK 編輯部——著

— PART 2 —

寫出漂亮的句子

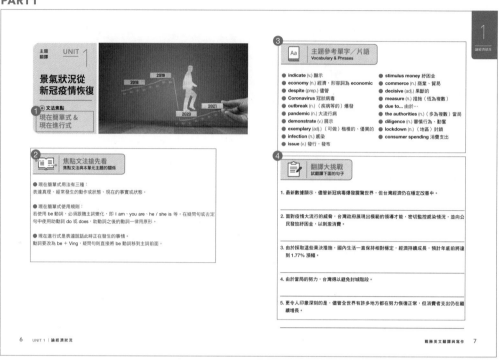

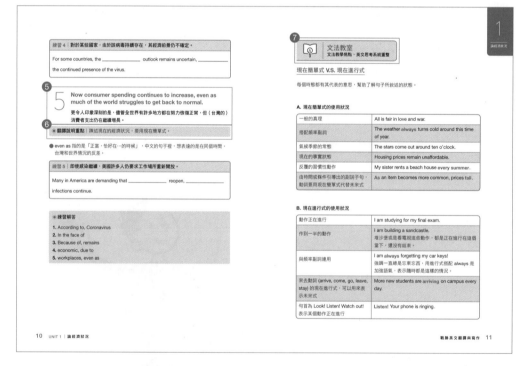

❶本單元的文法焦點　❷和本文法相關的基本重點　❸翻譯時可能會用到的單字及片語
❹中翻英練習，翻譯時請注意是否符合該時態的使用情況，並非每句都使用該課的文法焦點
❺連貫式翻譯的答案　❻通常是和時態相關的解說　❼更深入的文法教學　❽綜合練習

4

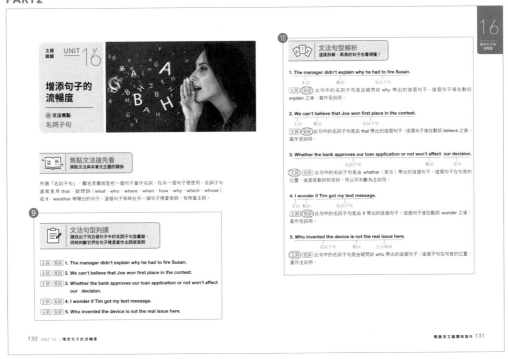

PART2

⑨ 從練習中釐清概念　⑩ 練習解析

景氣狀況從新冠疫情恢復

◉ **文法焦點**

現在簡單式 &
現在進行式

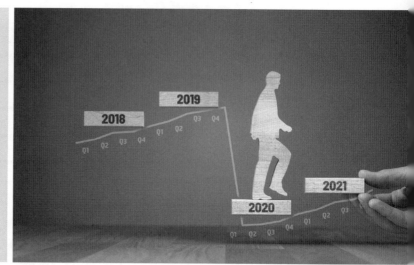

焦點文法搶先看
焦點文法與本單元主題的關係

● **現在簡單式用法有三種：**

表達真理、經常發生的動作或狀態、現在的事實或狀態。

● **現在簡單式使用規則：**

若使用 be 動詞，必須跟隨主詞變化，即 I am、you are、he / she is 等。在疑問句或否定句中使用助動詞 do 或 does，助動詞之後的動詞一律用原形。

● **現在進行式是表達說話此時正在發生的事情。**

動詞要改為 be ＋ Ving，疑問句則直接將 be 動詞移到主詞前面。

Aa 主題參考單字／片語
Vocabulary & Phrases

- **indicate** (v.) 顯示
- **economy** (n.) 經濟，形容詞為 economic
- **despite** (prep.) 儘管
- **COVID-19** 新冠病毒
- **Coronavirus** 冠狀病毒
- **outbreak** (n.)（疾病等的）爆發
- **pandemic** (n.) 大流行病
- **demonstrate** (v.) 展示
- **exemplary** (adj.)（可做）楷模的、優異的
- **infection** (n.) 感染

- **issue** (v.) 發行，發布
- **stimulus money** 紓困金
- **commerce** (n.) 商業、貿易
- **decisive** (adj.) 果斷的
- **measure** (n.) 措施（恆為複數）
- **due to...** 由於…
- **the authorities** (n.)（多為複數）當局
- **diligence** (n.) 審慎行為、勤奮
- **lockdown** (n.)（地區）封鎖
- **consumer spending** 消費支出

 翻譯大挑戰
試翻譯下面的句子

1. 最新數據顯示，儘管新冠病毒爆發震驚世界，但台灣經濟仍在穩定改善中。

2. 面對疫情大流行的威脅，台灣政府展現出模範的領導才能，密切監控感染情況，並向公民發放紓困金，以刺激消費。

3. 由於採取這些果決措施，國內生活一直保持相對穩定，經濟持續成長，預計年底前將達到 1.77% 漲幅。

4. 由於當局的努力，台灣得以避免封城階段。

5. 更令人印象深刻的是，儘管全世界有許多地方都在努力恢復正常，但消費者支出仍在繼續增長。

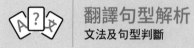

翻譯句型解析
文法及句型判斷

1 The latest data indicate that Taiwan's economy is steadily improving, despite the COVID-19 / Coronavirus outbreak shaking the world.

最新數據顯示，儘管新冠病毒爆發震驚世界，但台灣經濟仍在穩定改善中。

◉ **翻譯說明重點** | 在此句中，想表達的是目前正在進行的狀態，要用現在進行式。

● despite 為介系詞，表「儘管」，後面接子句。一般情況下，「despite ＋ N / Ving」。

● latest 是表示時間上的最晚也就是最新的；last 是指順序先後上的最晚。

例 The Republican candidate will win, according to the **latest** polling data.

The **latest** fashion trend among teenage girls is big hoop earrings.

> **練習 1** | 根據最新報導，新冠病毒疫苗正在接受測試。
>
> ＿＿＿＿＿＿＿＿ the latest reports, the ＿＿＿＿＿＿＿＿ vaccine is being tested.

2 In the face of the global pandemic, Taiwan's government demonstrates exemplary leadership, closely tracking infections and issuing stimulus money to encourage commerce.

面對疫情大流行的威脅，台灣政府展現出傑出的領導能力，密切監控感染情況，並向公民發放紓困金，以刺激消費。

◉ **翻譯說明重點** | 此句是陳述現在的實際狀況，所以要用現在簡單式。

● in the face of 面對（危機），指的是「在艱難的情況下」仍勇於面對。

● exemplary leadership 指的是（可做）「楷模的」，又指「優異的」。

● encourage 除了大家知道的「鼓勵」這個意思以外，也有「刺激」的意思，刺激消費可以說 encourage commerce 或是 stimulate commerce。

練習 2 | 面對第二波新冠病毒襲擊歐洲，台灣的早期行動似乎更為謹慎。

_____ the second wave of Covid-19 striking Europe, Taiwan's early

actions seem even more prudent.

3 **Because of these decisive measures, life in the nation remains relatively stable. The economy is growing and is likely to achieve a 1.77% increase by the end of the year.**

由於採取這些果決措施，國內生活一直保持相對穩定，經濟持續成長，預計年底前將達到 **1.77%** 漲幅。

◉ **翻譯說明重點** | 第一句是描述從過去、現在到未來的現象，所以要用現在簡單式。第二句強調經濟仍在成長，要用現在進行式。

● Because of 為表示原因的介系詞片語，後面要接名詞，也可以放在句中。若只有 because 則後面要接子句。

● is likely to 指「有可能的」，「by + 時間」表示「不遲於、在…之前」，用來表示年底前會達到的漲幅。

練習 3 | 由於現代的世界會互通有無，以至於病毒來臨仍然是威脅。

_____ the interconnected modern world, the arrival of the virus

_____ a threat.

 Due to authorities' diligence, Taiwan continues to avoid a lockdown phase.

由於當局的努力，台灣得以避免封城階段。

◉ **翻譯說明重點** | 陳述現在的實際狀態，所以要用現在簡單式。

● Due to 表「由於」為介系詞片語，後面接名詞，可放句中使用，也可以用 because of 和 owning to 替換。

練習 4 │ 對於某些國家，由於該病毒持續存在，其經濟前景仍不確定。

For some countries, the ＿＿＿＿＿＿＿＿ outlook remains uncertain, ＿＿＿＿＿＿＿

the continued presence of the virus.

5 Now consumer spending continues to increase, even as much of the world struggles to get back to normal.

更令人印象深刻的是，儘管全世界有許多地方都在努力恢復正常，但（台灣的）消費者支出仍在繼續增長。

◉ 翻譯說明重點 │ 陳述現在的經濟狀況，要用現在簡單式。

● even as 指的是「正當，恰好在…的時候」，中文的句子裡，想表達的是在同個時間，台灣和世界情況的反差。

練習 5 │ 即使感染繼續，美國許多人仍要求工作場所重新開放。

Many in America are demanding that ＿＿＿＿＿＿＿＿ reopen, ＿＿＿＿＿＿＿＿

infections continue.

◉ 練習解答

1. According to, COVID-19 / Coronavirus
2. In the face of
3. Because of, remains
4. economic, due to
5. workplaces, even as

文法教室
文法教學焦點，英文思考系統重整

現在簡單式 V.S. 現在進行式

每個時態都有其代表的意思，幫助了解句子所敘述的狀態。

A. 現在簡單式的使用狀況

一般的真理	All is fair in love and war.
搭配頻率副詞	The weather **always** turns cold around this time of year.
氣候季節的常態	The stars come out around ten o'clock.
現在的事實狀態	Housing prices remain unaffordable.
反覆的習慣性動作	My sister rents a beach house **every summer**.
由時間或條件引導出的副詞子句，動詞要用現在簡單式代替未來式	**As** an item becomes more common, prices **fall**.

B. 現在進行式的使用狀況

動作正在進行	I am studying for my final exam.
作到一半的動作	I am building a sandcastle. 堆沙堡或是看電視這些動作，都是正在進行在這個當下，還沒有結束。
與頻率副詞連用	I am **always** forgetting my car keys! 強調一直總是忘東忘西，用進行式搭配 always 是加強語氣，表示隨時都是這樣的情況。
來去動詞 (arrive, come, go, leave, stay) 的現在進行式，可以用來表示未來式	More new students are **arriving** on campus every day.
句首為 Look! Listen! Watch out! 表示某個動作正在進行	**Listen!** Your phone is ringing.

C. 時間副詞可用來判斷時態

現在進行式的時間副詞	
I am working on the project	now. right now. at present. at the moment.

現在簡單式的時間副詞			
Tracy calls her mother		every	month. winter. year. day. morning. week.
He	always usually often seldom never	plays tennis in the court.	

D. 句子中的動詞會因時態有不同的變化

進行式的動詞要＋ ing，簡單式的第三人稱動詞要＋ s。

現在進行式 V–ing 的形成：	現在簡單式 第三人稱單數 V+s 的形成：
● 直接加 **–ing**。 talk → talk**ing** listen → listen**ing** ● 字尾是無聲母音 **e** 時，去掉此 e，加 **–ing**。 rid**e** → rid**ing** danc**e** → danc**ing** ● 短母音的單音節動詞，加 **–ing** 時，要重複字尾。 cut → cut**ting** sw**im** → swim**ming** ● 字尾是「子音 ＋ **ie**」時，去 ie，改成 y，再加 **–ing**。 d**ie** → d**ying** l**ie** → l**ying** ● 若字尾 **e** 是有聲母音時，此 e 不可去掉，而要直接加 **–ing** se**e** → se**eing** fle**e** → fle**eing**	● 直接加 **s**。 run → run**s** come → come**s** ● 動詞字尾是 o, s, x, ch, sh 時，加 **es**。 go → go**es** wat**ch** → watch**es** ● 動詞字尾是「子音 ＋ **y**」時，去 y 加 **ies**。 stud**y** → stud**ies** carr**y** → carr**ies** ● 動詞字尾是「母音 ＋ **y**」時，直接加 **s**。 stay → stay**s** play → play**s**

E. 不能使用現在進行式的動詞

現在進行式並非適用於所有動詞，有一些動詞是屬於瞬間性的動詞，是沒有進行式的。

無進行式動詞	
1. 知覺（感官動詞）	see, hear, smell, sound, taste, feel
2. 認知	know, think, understand, remember, forget, want, believe
3. 情感	wish, prefer, like, love, hate, hope
4. 存在；擁有	*have, own, possess, belong to
*have 當「吃東西」解釋時則不在此限，可以作進行式的變化。	

主題
翻譯

UNIT
2

台北房價
居高不下

◉ **文法焦點**
現在完成式

焦點文法搶先看
焦點文法與本單元主題的關係

● 現在完成式 (present perfect) 用在以下三種情況：

(1) 從過去某時間點一直持續到現在的動作或狀態。

(2) 一生中到目前為止的經驗。

(3) 強調到此刻為止「已經」做了某事或「尚未」做某事。

● 中文裡的「已（經）……」、「還沒有……」、「……了沒？」、「曾經……」、「從來沒有……」，通常都用現在完成式來翻譯。但若是指在過去某件事之前「就已經……」、「還沒有……」則用過去完成式。

● 基本句型：主詞 + have / has + p.p.（**p.p.** 過去分詞，為動詞第三態），否定句和疑問句時仍用過去分詞而非原形動詞。

主題參考單字／片語
Vocabulary & Phrases

- **unaffordable** (a.) 負擔不起的
- **factor** (n.) 因素
- **contribute to** 促成
- **outrageous** (adj.)（負面含意）離譜的、不能接受的
- **square kilometers** 平方公里
- **construction** (n.) 建設、建築

- **demand** (n.) 需求
- **prevent** (v.) 阻礙
- **residential** (adj.) 住宅的
- **high rise buildings** 高樓層建築
- **in response** 因應
- **implement** (v.) 實施
- **property** (n.) 房地產

翻譯大挑戰
試翻譯下面的句子

1. 台北房價自 2005 年以來一直上漲，對許多人來說負擔不起。

___

2. 造成台北市房價如此驚人的因素有很多。

___

3. 台北有許多發展機會，因此一直吸引來自全國各地的人，但面積只有 270 平方公里，空間有限。

___

4. 新屋的建造速度仍太慢，無法滿足需求，地震風險也妨礙了高樓住宅的建設。

___

5. 為因應此問題，政府已實施幾項政策為房地市場降溫，包括對擁有不止一筆房地產者增加稅收。

___

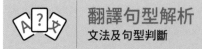
1

Since 2005, housing prices in Taipei have increased, becoming unaffordable for many.

台北房價自 2005 年以來一直上漲，對許多人來說負擔不起。

◉ **翻譯說明重點**｜在此句中，想表達的是從過去某時間點一直持續到現在的狀態，要用現在完成式。

● 時間副詞 since 可以放在句首或句尾，這裡放在句首，是強調「自 2005 年以來一直上漲」。

練習 1｜

a. 自 2013 年以來，馬克一直在台北學習工程學。

_____ 2013, Mark _____ engineering in Taipei.

a. 由於台北提供了許多可能性，這點一直對新移民具有吸引力。

Taipei _____ attractive to newcomers, _____ the possibilities it offers.

2

Several factors have contributed to the outrageous cost of housing in the city.

造成台北市房價如此驚人的因素有很多。

◉ **翻譯說明重點**｜從過去持續到現在造成房價驚人的狀態，所以要用現在完成式。

● 「造成……、促成……、帶來……」用 contribute to 表示，後面接名詞。

● 由於前面已經提到 in Taipei，所以這句可以寫 in the city 替代，不用再寫一次 Taipei。

● outrageous 有負面的含意，有「不認同、覺得誇張」的意味在。

練習 2｜該城市的繁華和美麗讓台北的美名享譽國際。

The busyness and the beauty of the city _____ Taipei's worldwide _____.

3　With its many opportunities, Taipei has attracted people from all over the country, but at just 270 square kilometers, space is limited.

台北有許多發展機會，因此一直吸引來自全國各地的人，但面積只有 270 平方公里，空間有限。

◉**翻譯說明重點**｜台北從以前到現在一直吸引來自全國各地的人，所以要用現在完成式。

● With its many opportunities 也可以放在 over the country 後面，這裡移到句首的原因是因為，這樣離要修飾的主詞 Taipei 比較近。

● but 是連接詞，有轉折語氣，後面語意和前面不同。

練習 3｜

a. 隨著房價的不斷上漲，居民的壓力也逐漸增加。

_____ ever-rising housing prices, residents _____ also seen their stress levels _____.

b. 但是台灣人民一直堅韌不拔，找出了生存之道。

_____ have always been resilient and found _____ to survive.

4　New construction has remained too slow to meet the demand, and the earthquake risk has prevented the construction of residential high rise buildings.

新屋的建造速度仍太慢，無法滿足需求，地震風險也妨礙了高樓住宅的建設。

◉**翻譯說明重點**｜表達「從以前到目前為止」，用現在完成式。

● too... to... 的意思是「太……以至於無法……」，這裡可以使用這個句型。

● 由於前後兩句的論述相關，所以用連接詞 and 連接。

a. 即使費用增加，許多人還是認為這座大城市太誘人，以至於難以抗拒。

Even with the increased _____, many have found the big city

_____ alluring _____ resist.

b. 受教育的機會和夜生活吸引了年輕人搬到這座城市。

Educational opportunities _____ have enticed young people to move

to the city.

5　In response, the government has implemented several policies to cool the housing market, including increased taxes on owners of more than one property.

為因應此問題，政府已實施幾項政策為房地市場降溫，包括對擁有不止一筆房地產者增加稅收。

◉**翻譯說明重點** | 由於這些政策從以前實施，到現在仍存在，要用現在完成式。

● 「因應」某問題，也就是政府「回應」此問題，可寫成 in response，也可用片語 in response to + 問題。

● 「實施政策」要寫 implemented the policies 這個搭配語。

練習 5 |

a. 為了因應住房的高需求，價格已經上漲了。

_____ high demand for housing, prices _____ up.

b. 過去，在類似情況下，當局已經實施了防止價格失控的政策。

In similar situations in the past, authorities _____ to prevent runaway

prices.

◉**練習解答**

1. a. Since, has studied　　　**b.** has always been, because of

2. have contributed to, fame

3. a. With, have, rise　　　**b.** But the Taiwanese people, ways

4. a. expense, too, to　　　**b.** and nightlife

5. a. In response to, have gone　　　**b.** have implemented the policies

文法教室
文法教學焦點，英文思考系統重整

Present Perfect Tense 現在完成式

A. 現在完成式（主詞 **+ have / has + p.p.**）用以表達之狀況

從過去某時間點一直持續到現在的動作或狀態	I have lived with my roommate for 6 months.
	Joe has been sick since Saturday.
一生中到目前為止的經驗	He has been to Germany twice.
	Have you (ever) tried taking the train?
	This is the saddest song I've ever heard.
到此刻為止「已經」做了某事或「尚未」做某事	Mike has already told me about the deadline.
	I haven't finished the book I'm reading yet.
	Have you seen the full moon (yet) tonight?

B. 與現在完成式**搭配使用的副詞 already、yet、ever**

● **already**（已經）：
用現在完成式時，本來就是「已經……」的意思，因此 already 是可有可無的，除非是想刻意強調語氣。already 只用在肯定句和疑問句中，位置放在 p.p. 前面，或是放在句尾。

例 I've **already** finished my report. = I've finished my report **already**.
　　Haven't you **already** seen that movie? = Haven't you seen that movie **already**?

● **yet**（還沒……、……了沒？）：
用在否定句和疑問句，也是可有可無的字，使用時要放在句尾。

例 Debra hasn't called me **yet**.
　　Have you had dinner **yet**?

● **ever**（曾經⋯⋯）：

只用在疑問句，以及與表示**最高級**的句子併用的現在完成式子句中。注意中文裡常有「曾經⋯⋯過」的肯定句，但 ever 不能用在肯定句裡，因此 I have ever been to Japan. 這樣的句子是錯誤的。ever 在現在完成式中的位置也是在 p.p. 前面。

例 Have you **ever** been to Italy?

That's the funniest joke I've **ever** heard!

　　　　表示最高級　現在完成式子句

C. 現在完成式 **+ for...** 和 **since...** 的比較

在現在完成式的句子裡，要表達持續的時間有多久時，可用 **for** 和 **since** 這兩個介系詞。

for ＋ 時間的長度	three days、two weeks、a long time ⋯⋯等
since ＋事情開始的時間點 （一定是過去的時間或過去式子句）	2003、last week、three days ago、she came back from New York ⋯⋯等

例 I've worked here **for 5 years**.

I've been working here **since I came to Taipei**.

I haven't been home **since I started college**.

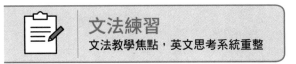

請依括弧內提示，完成下列句子。

1. _____ you _____ (be) sick? I was waiting for your call.

2. You_____ (not, receive) payment _____ (for/since) two weeks?

3. That restaurant _____ (not, be) in business _____ (for / since) three years.

4. How long _____ you _____ (be) enrolled as a student?

5. _____ Marie ever _____ (go) scuba diving?

6. _____ Sam _____ (not, take) the trash out yet?

7. Charlie _____ (upload) the files yet.

8. _____ it already _____ (be) two months since you bathed the dog?

◉練習解答

1. Have, been **2.** haven't received, for **3.** hasn't been, for **4.** have, been

5. Has, gone **6.** Hasn't, taken **7.** hasn't uploaded **8.** Hasn't, been

論遠距學習

◉ **文法焦點**
現在式總複習

 | **焦點文法搶先看**
焦點文法與本單元主題的關係

● **現在簡單式**：敘述目前一般狀況。
基本句型：主詞 + V(s, es)

● **現在進行式**：敘述目前「正在進行」的狀況。
基本句型：主詞 + am/are/is + Ving

● **現在完成式**：敘述從過去一直持續至今的狀態，或表達「已經」、「尚未」做的事。
基本句型：主詞 + have/has + p.p.

主題參考單字／片語
Vocabulary & Phrases

- **ongoing** (adj.) 仍在進行中的、持續存在的
- **remote** (adj.) 遠距的
- **difficulty** (n.) 困難、艱辛
- **focused** (adj.) 專心的
- **be responsible for sth…** (adj.) 對…負責
- **engaged** (adj.) 忙於某事的
- **extra** (adj.) 額外的

- **stress** (n.) 壓力
- **household** (n.) 家庭、一家人
- **occur** (v.) 發生
- **crisis** (n.) 危機
- **hope for the best** 抱樂觀的希望、往好的方面想

 翻譯大挑戰
試翻譯下面的句子

1. 由於新冠病毒持續流行，一些家庭為孩子選擇遠距學習。

_____

2. 由於許多孩子在家難以專心，因此父母擔起輔導子女課業的責任。

_____

3. 許多父母本身在家工作，這對家庭造成了額外壓力。

_____

4. 美國疫情仍未平息，許多人認為危機處理不當。

_____

5. 儘管大流行尚未結束，仍有父母選擇讓孩子回學校上課，並抱持樂觀態度。

_____

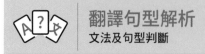
1

Due to the ongoing COVID-19 / Coronavirus pandemic, some families are choosing remote learning for their children.

由於新冠病毒持續流行，一些家庭為孩子選擇遠距學習。

◉ **翻譯說明重點** | 本句指的是病毒仍持續流行，要用現在進行式。

練習 1 | 由於異常情況，許多常規的教育方法已不再是一種選擇。

_____ the unusual circumstances, many of the normal methods of education are no longer an option.

2

Because many children have difficulty staying focused at home, parents have become responsible for keeping their young students engaged.

由於許多孩子在家難以專心，因此父母已經擔起輔導子女課業的責任。

◉ **翻譯說明重點** | 從過去持續到現在的動作或狀態，也要用現在完成式。由於本句中的「失業」是用形容詞表達狀態，因此所用的動詞為 be 動詞，過去分詞為 been。

● 表示目前「漸漸⋯⋯」或「越來越⋯⋯」，用現在進行式。「已⋯⋯」則用現在完成式。

● 這句和上一句一樣，也是說明某事的原因，不同的是 because 後面可以接子句，due to 和 because 不行，必須接名詞或名詞片語。

練習 2

a. 隔離期間，許多人無聊地待在家裡。

Many people _____ staying in their homes during quarantine.

b. 由於流行病持續存在，許多人想知道生活是否會恢復正常。

_____ lingers, many are wondering if life will ever get back to normal.

c. 由於在家中教育孩子的額外責任，父母發現自己過度勞累。

_____ the additional responsibilities of educating their child at home, parents are finding themselves overworked.

d. 由於時間緊迫，學生正在尋找繼續接受教育的方法。

_____ time won't wait, students are finding ways to continue their education.

3 **Many parents are working from home themselves, and this has created extra stress in the household.**

許多父母本身在家工作，這對家庭造成了額外壓力。

● **翻譯說明重點** │ 這是已經發生的事實，雖然句子裡沒看到「已經」，但要用現在完成式。

練習 3

a. 老師們為了進行線上學習，急忙調整他們的課程。

Teachers have scrambled to adapt their courses for _____.

b. 大流行已經對社會的許多層面進行檢視。

The pandemic _____ many aspects of society.

4 In the United States, infections are still occurring and many believe the crisis has been handled poorly.

美國疫情仍未平息，許多人認為危機處理不當。

◉ **翻譯說明重點**｜疫情仍在發生，要用現在進行式。從過去到現在，危機的處理方式皆不佳，要用現在完成式。

● 「疫情仍未平息」意思也是「病毒仍在感染」，可以説 infections are still occurring。

● 「很多人」可以用 many 這個代名詞，表示 many people。

> **練習 4**｜
>
> **a.** 政治家正在爭論維護大眾健康的最佳方法。
>
> Politicians _____ the best ways to safeguard public health.
>
> **b.** 美國人重新安排了他們的生活，包括工作和教育。
>
> Americans _____ their lives, _____ work and education.

5 Although the pandemic is not over, some parents send their children back to school and hope for the best.

儘管大流行尚未結束，仍有部分父母選擇讓孩子回學校上課，
並抱持樂觀態度。

◉ **翻譯說明重點**｜ Although… 這裡指的是現在的事實，「許多父母現在選擇讓孩子回學校上課」。

● although 和 despite 或 in spite of 都是「雖然……」的意思，但 although 後面要接完整的子句，而 despite 或 in spite of 後面只能接名詞或名詞片語。

練習 5

a. 儘管政府一再發出警告,但仍有一些人不會認真看待該病毒。

_____ repeated warnings form the government, some people still
won't take _____ seriously.

b. 雖然有些孩子很懷念學校,但其他孩子卻喜歡在家(上課)。

_____ some children miss school, others enjoy _____
home.

● 練習解答

1. Due to

2. a. are getting bored　　**b.** As the pandemic　　**c.** Because of　　**d.** Because

3. a. online learning　　**b.** has tested

4. a. are debating about　　**b.** have rearranged, including

5. a. Despite, the virus　　**b.** Although, being

Review: 現在式時態總複習

時態	意義	基本句型
現在簡單式	習慣、常態、原理	主詞 + V (s, es)
現在進行式	此刻或目前正在做的事	主詞 + am/are/is + Ving
現在完成式	(1) 從過去某時間點一直持續到現在的動作或狀態。 (2) 一生中到目前為止的經驗。 (3) 強調到此刻為止「已經」做了某事或「尚未」做某事。	主詞 + have/has + p.p.

例　Jim **takes** a shower **every evening**.
吉姆每天晚上淋浴。（常態／習慣）

Now the temperature in this room **is rising**.
這個房間的溫度現在正在上升。（目前正在做的事）

We **have been to** Japan **several times**.
我們去過日本好幾次了。（到目前為止的經驗）

注意：情狀動詞如 have（有）、like、love、hate、seem、see、hear、look（看起來）、sound（聽起來）……等字，不能用進行式。

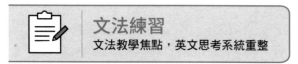

請根據句意用現在簡單式、現在進行式或現在完成式完成下列句子。

1. _____ (feed) time for the elephants at the zoo is usually at noon, but today they _____ (feed) already in the morning.

2. Sandi usually _____ (listen) to country music, but today she will _____ (try) classical.

3. We _____ (work) on this house for a few weeks, and today we _____ (be) finished.

4. I _____ (have) never _____ (visit) Tokyo before. This upcoming trip _____ (be) my first time.

5. Eric is _____ (sing) onstage right now. The next performer _____ (be) Brain in a few minutes.

6. I _____ (work) as a chef for many years, but now I _____ ready to _____ (try) something new.

7. I _____ (rent) a beach house for the past five summers. I _____ always _____ (love) the sea.

◉練習解答

1. feeding, fed   **2.** listens, try   **3.** have worked, will be   **4.** have, visited, will be
5. singing, will be   **6.** have worked, am, to try   **7.** have rented, have, loved

防災報導

◉ 文法焦點

過去簡單式&
過去進行式

焦點文法搶先看
焦點文法與本單元主題的關係

● 過去簡單式表示過去的經驗、狀態,和習慣的動作,常會搭配表示過去的時間副詞。過去式若使用 be 動詞,須跟隨主詞做變化,即 I was、you were、he was 等。非人稱的主詞,若是單數時,be 動詞使用 was,複數則使用 were。

● 「過去簡單式」用 **did** 開頭可形成疑問句。否定句將 **did not/didn't** 放在動詞前。助動詞後一律使用原形動詞。

● 過去式著重在過去發生的事實,過去進行式則著重在過去當下正在進行的動作。過去進行式的動詞型態為 was/were + Ving。

主題參考單字／片語
Vocabulary & Phrases

- **earthquake** (n.) 地震，非正式說法為 **quake**
- **tragic** (adj.) 悲慘的
- **consequence** (n.) 結果
- **structure** (n.) 建築物
- **boom** (n.) 激增、增長
- **withstand** (v.) 承受
- **homeless** (adj.) 無家可歸的
- **determined** (adj.) 下定決心的
- **catastrophe** (n.) 大災難
- **disaster** (n.) 災難
- **drill** (n.) 演習
- **broadcast** (v.) 廣播
- **undertake** (v.) 做、從事
- **preparedness** (n.)（災前）準備
- **citizen** (n.) 公民、市民

翻譯大挑戰
試翻譯下面的句子

1. 1999 年 9 月 21 日台灣發生大地震，造成悲慘的後果。

2. 在 1990 年代全國興起建築潮期間所建造的許多建築物證實無法抗震。

3. 約有 2400 人死亡，近十萬人無家可歸。

4. 台灣政府決心防止類似災難，並設立「國家防災日」。

5. 此後每年 9 月 21 日，當局都會進行特別演習和廣播，以提高市民的防範能力。

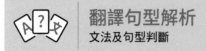

1

On September 21, 1999, a major earthquake struck Taiwan with tragic consequences.

1999 年 9 月 21 日台灣發生大地震,造成悲慘的後果。

◉ **翻譯說明重點** | 在此句中,要表示過去發生的事實、在過去的某一瞬間發生的事、不屬於現在的事實,就要用「過去簡單式」表示。

● 某個特定日期前面的介系詞要用 on,像這裡的情況就是如此。

● 「突然侵襲、使遭受重創」要用 strike,由於是過去簡單式,要改成 struck。

> **練習 1** | 有史以來,許多地震襲擊了環太平洋國家。
>
> _____ history, many earthquakes _____ the nations of the Pacific Rim.

2

Many structures built during the nation's construction boom of the 90s proved unable to withstand the quake.

在 1990 年代全國興起建築潮期間所建造的許多建築物證實無法抗震。

◉ **翻譯說明重點** | 由於「在 1990 年代所建造的許多建築物」是經常發生的情況,所以使用過去簡單式。

● 「在……期間」可以用 during,另外「……潮／繁榮」常用…boom 來表示,如:baby boom(嬰兒潮)、economic boom(經濟繁榮)。

練習 2

a. 和平與繁榮的時代造就了房地產市場的繁榮。

An _____ of peace and prosperity created _____ in the housing market.

b. 在強震中，許多比較劣質的建築物倒塌了。

Many of the shoddier buildings _____ during the violent quake.

3 **Around 2,400 people were killed and nearly 100,000 found themselves homeless.**

約有 **2400** 人死亡，近十萬人無家可歸。

◉ **翻譯說明重點** | 敘述過去的狀態，要用過去簡單式。另外這些人並非自願死，而是因為地震而死，所以用被動語態 were killed。

● 「大約的」數量，除了 around，還可以用 about、approximately 來替代，但 approximately 比較正式，用在這裡會有點奇怪。

● 「將近」，除了 nearly，還可以用 almost 代替。

練習 3

a. 該島被地震撼動了。

The island _____ by the earthquake.

b. 該鎮幾乎所有人口流離失所，這場災難造成約 **3000** 萬美元的損失。

_____ all of the town's population was displaced and around $30 million of damage _____ by the disaster.

4

The government of Taiwan was determined to prevent a similar catastrophe, and created National Disaster Prevention Day.

台灣政府決心防止類似災難，並設立「國家防災日」。

◉**翻譯說明重點**｜由於在過去 20 年間，政府就已經決心防止類似災難，而非現在才開始，所以要用過去簡單式。

● government 是集合名詞，用來指代一群人，它可以是單數，也可以是複數，使用者可以自行決定，這裡是把它當單數。

●「be determined to」是「下決心……」。

> **練習 4**｜政府決定對另一場災難採取預防措施。
>
> _____ decided to take precautions against another _____.

5

Every September 21 since, special drills and broadcasts are undertaken by authorities to raise the preparedness of the citizens.

此後每年 9 月 21 日，當局都會進行特別演習和廣播，以提高市民的防範能力。

◉**翻譯說明重點**｜由於現在仍持續發生，且每年發生，所以可以用現在簡單式。

● 用 since 表示「此後、從此」，也有「因為、由於」的意思。

● 句子使用被動語態，因為本句的重點在於「演習和廣播」，而非「當局」，所以把 drills and broadcasts「演習和廣播」放句子前面。被動語態句型：be 動詞 + 過去分詞 (p.p.)。

> **練習 5**｜
>
> **a.** 該鎮的基礎設施被地震和餘震摧毀。
> The town's infrastructure _____ by the earthquake and its aftershocks.
>
> **b.** 由於這場悲慘的事件如此災難性，市民制定了更好的應急計劃。
> _____ this tragic incident was so devastating, citizens _____
> better emergency plans.

◉練習解答

1. Throughout, struck/have struck
2. **a.** era, a boom   **b.** fell
3. **a.** was shaken   **b.** Nearly, was caused
4. The government, disaster
5. **a.** was destroyed   **b.** Since, created

文法教室
文法教學焦點，英文思考系統重整

過去簡單式 & 過去進行式

提到過去已發生的事情和已經結束的動作，必須使用「過去簡單式」。過去的某時間點正在發生的動作，時間是「長的、持續的」，必須使用「過去進行式」。

過去簡單式用來表達	
過去發生過一次的經驗	I **went** to the zoo to see the pandas yesterday.
過去的狀態	Last week, I **stayed up** late studying every night.
過去經常發生的情況	When I **was** a child, I always **played** at the park in my neighborhood.
過去習慣性的動作	I **used to** work out when I had free time.
過去發生連串的動作	As soon as I **heard** the bad news, I **ran** home.

過去進行式用來表達	
在過去某時間點正在進行的動作	It **was raining** at seven this morning. 今天早上七點時正在下雨 若非指一特定時間點，就要用「過去簡單式」： It **rained** this morning. 今天早上有下過雨
在過去某一動作發生時（短暫動作），有另外一個動作正在持續進行中（長時間的動作）	I **was walking** down the street 長 when it **began** to rain. 短 在以上 walk 和 began to rain 這兩種同時發生的動作中，開始下雨，就是雨滴下來的瞬間屬於短暫的動作，所以要用「過去簡單式」；走路是持續、長時間的動作，要用「過去進行式」。

當同時有兩個動作都發生在過去時，必須依照語意來判別這兩個動作分別該使用的時態。

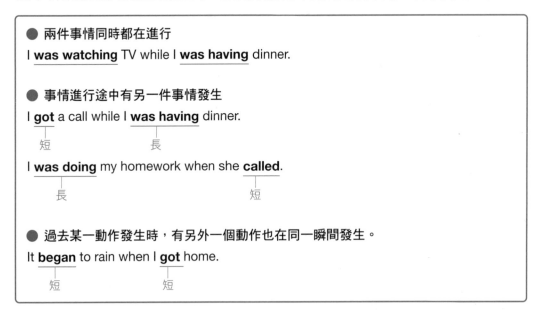

動詞三態包括現在式、過去式和過去分詞，在前面的單元我們已經介紹過動詞現在式和進行式的變化。現在來看看動詞過去式的規則變化。

過去簡單式 Ved 的形成

● 在字尾直接加 –ed。

learn**ed**, work**ed**, walk**ed**, touch**ed**, look**ed**, watch**ed**

● 字尾是 e，加 d 就好。

lik**ed**, mov**ed**, decid**ed**, liv**ed**, hat**ed**, danc**ed**, dislik**ed**

● 字尾是「子音 + y」時，去 y，加 –ied。

stud**ied**, tr**ied**, worr**ied**, hurr**ied**

● 動詞字尾是「母音 + y」時，直接加 ed。

sta**yed**, pla**yed**，（例外：pay → paid, say → said）

● 短母音的單音節動詞，須重複字尾加 –ed。

dro**pped**, jo**gged**, ki**dded**, no**dded**, pla**nned**, shi**pped**, sho**pped**, sta**rred**, sto**pped**

文法練習
文法教學焦點，英文思考系統重整

以下句子有錯誤的請改正，沒有錯誤請打✓。

1. I was graduating from college two years ago.

_____

2. I was eating a sandwich yesterday at lunch.

_____

3. I ate popcorn while I was watching the movie.

_____

4. I texted him last night when I got a chance. [correct]

_____

5. I read the book because I was thinking it was interesting.

_____

6. I was missing my flight because I didn't wake up in time.

_____

◉練習解答

1. I graduated from college two years ago.
2. I ate a sandwich yesterday at lunch.
3. I was eating popcorn while I was watching the movie.
4. ✓
5. I read the book because I thought it was interesting.
6. I missed my flight because I didn't wake up in time.

明星八卦

◉ 文法焦點
過去完成式

© FiledIMAGE / Shutterstock.com

 焦點文法搶先看
焦點文法與本單元主題的關係

● 過去完成式 (past perfect)：指在過去某個時間點之前，就已經發生的事情、曾有過的經驗，或已持續一段時間的動作或狀態。中文裡的「（在某過去事件之前）已…… /曾……」就要用過去完成式來翻譯。

● 基本句型：主詞 + had + p.p.（過去分詞）

主題參考單字／片語
Vocabulary & Phrases

- **Royal Family** 王室家族、皇室家族
- **last** (v.) 持續
- **departure** (n.) 卸除職位、離職
- **royalty** (n.) 皇室、王室
- **come as a shock** 令人大吃一驚
- **raise** (v.) 撫養
- **couple** (n.) 夫妻、情侶
- **relocate** (v.) 搬遷
- **charity** (a.) 慈善組織
- **organization** (n.) 組織

翻譯大挑戰
試翻譯下面的句子

1. 2018 年 5 月，英國王室成員哈利王子 (Prince Harry) 與美國人梅根馬克爾 (Meghan Markle) 結婚。

2. 王子在認識梅根之前，曾與數名女子約會，但看來都不是他的真命天女。

3. 哈利和梅根卸下王室職務令許多人震驚。

4. 梅根在洛杉磯長大，夫妻倆搬到該市，並已經開始為網飛（Netflix）製作節目並協助慈善組織。

5. 哈利和梅根於 2018 年結婚，但到了 2020 年初才宣布離開英國。

1 **In May of 2018, Prince Harry of the British Royal Family married Meghan Markle, an American.**

2018 年 5 月,英國王室成員哈利王子與美國人梅根馬克爾結婚。

◉ **翻譯說明重點** │ 本句的時間為 2018 年 5 月,故用過去簡單式即可。

練習 1 │

a. 哈利王子在軍隊服役十年。

Prince Harry_____ in the Army for_____.

b. 梅根·馬克爾曾是美國電視節目的女演員。

Meghan Markle _____ on American TV shows.

---

2 **The Prince had dated a few different women, but nothing seemed to last for him before meeting Meghan.**

王子在認識梅根之前,曾與數名女子約會,但看來都不是他的真命天女。

◉ **翻譯說明重點** │ 從第一句得知王子過去曾和幾名女子約會,持續了一段時間,但已結束,故「約會」要用過去完成式。

● but 後面的子句,「看來都不是」是過去經常發生的情況,用現在簡單式。

練習 2 │

a. 哈利在阿富汗服役了兩次。

Harry _____ two tours in Afghanistan.

b. 梅根擁有西北大學的學士學位。

Meghan _____ a bachelor's degree from Northwestern University.

---

3 **Harry and Meghan's departure from their roles as royalty came as a shock to many.**

哈利和梅根卸下王室職務令許多人震驚。

◉ **翻譯說明重點**│這是過去發生過一次的事，要用過去簡單式。

練習 3│

a. 梅根在加州好萊塢長大。

Meghan _____ in Hollywood, California.

b. 哈利王子在陸軍中駕駛直升機。

Prince Harry _____ a helicopter in the Army.

---

4 **Meghan was raised in Los Angeles and the couple relocated to the city and has begun working with Netflix and various charities.**

梅根在洛杉磯長大，夫妻倆搬到該市，並已經開始為網飛製作節目並協助慈善組織。

◉ **翻譯說明重點**│梅根在洛杉磯長大是過去的狀態，用過去簡單式。由於該夫妻目前仍持續為網飛製作節目並協助慈善組織，所以可以用現在完成式。

● couple 當「夫妻、情侶」時，用現在簡單式或現在完成式時，後面的動詞要用單數，像這裡就是 the couple has begun…。

練習 4│

a. 哈利和梅根的關係引起了公眾的關注。

Harry and Meghan's relationship has captured _____.

b. 這對夫妻打破了傳統。

The couple _____ with tradition.

5

Harry and Megan married in 2018, but it wasn't until early 2020 that they announced their departure from the U.K.

哈利和梅根於 2018 年結婚，但到了 2020 年初才宣布離開英國。

> ◉**翻譯說明重點**｜此句的兩件事情「2018年結婚」和「離開英國」雖有時間上先後關係，但事件發生的「順序」並非強調重點，而是過去兩件事的單純敘述，所以此句可用過去簡單式。

● 「直到最近才……」的句型是「it wasn't until recently that + 過去式子句」，或「主詞 + didn't V until recently」。

練習 5 ｜

a. 直到最近，哈利和梅根才宣布他們打算返回倫敦進行訪問的計劃。

It _____ Harry and Meghan announced their plan to return to London for a visit.

b. 直到最近，公眾才知道這對夫婦返回英國。

The public _____ until recently of the couple's return to the U.K.

◉**練習解答**

1. a. served, a decade / ten years	**b.** was an actress
2. a. has served	**b.** has earned
3. a. grew up	**b.** piloted
4. a. public attention	**b.** has broken
5. a. wasn't until recently that	**b.** didn't know

文法教室
文法教學焦點，英文思考系統重整

Past Perfect Tense 過去完成式

A. 過去完成式（主詞 **+ had +p.p.**）用來表達：

> 過去某個時間點之前，就已經發生的事情、曾有過的經驗，或已持續一段時間的動作或狀態。通常是和另一件發生在過去的事情有關，做時間先後的比較，表示在那件事之前「就已……」、「曾……」或「……了一段時間」。
>
> 例 When we got there, **everyone had left**.
>
> Before he went to college, **he had never had** a girlfriend.
>
> When they had their first child, **they had been married** for five years.

B. 比較過去簡單式、過去進行式及過去完成式

> ● 過去簡單式（主詞＋過去式動詞）用來表達在過去發生、且已結束的事實，通常配合表達過去時間的副詞或片語，也沒有和其他過去事件比較先後的意味。
>
> 例 I had some coffee this morning.
>
> He didn't call me last night.
>
> What did you do last weekend?
>
> ● 在兩件都事情發生在過去，且有時間先後順序，符合使用過去完成式之條件下，如果並沒有強調哪件事先發生的意味，也可以把兩件事都當作單純的過去事實，兩句都用過去簡單式。
>
> 例 I **had fed** the dog before I left home.（強調出門前已餵狗。）
>
> I **fed** the dog before I left home.（單純敘述事實）
>
> ● 過去進行式（主詞 **+ was/were + Ving**）指在過去某個明確的時間點時剛好在進行的動作或事情。
>
> 例 I **was making** dinner when my brother got home.
>
> They **were watching** TV when the earthquake happened.

C. 過去簡單、過去進行、過去完成式的綜合運用

這裡有一張 Rachel 昨天的活動時刻表：

8:00 a.m. She got up.	1:00~1:30 p.m. She had lunch.
8:30~9:00 a.m. She had breakfast.	6:30 p.m. She went home.
9:00 a.m. She left home for work.	8:00~11:00 p.m. She watched TV.
9:30 a.m. She arrived at the office.	11: 00 p.m. She went to bed.

根據這些活動和時間，我們可以造出以下的句子：

Rachel **got up** at 8:00 a.m. yesterday.（單純敘述過去事實）

At 8:45 a.m., she **was having** breakfast.（當時正在做的事）

At 9:00 p.m., she **was watching** TV.（當時正在做的事）

Before she left home for work, she **had had** breakfast.（強調在出門之前已吃過早餐）

Before she **left** home for work, she **had** breakfast.（單純敘述事實）

She **had watched** TV for three hours before she went to bed.（在過去某事之前已持續一段時間的事）

文法練習
文法教學焦點，英文思考系統重整

這裡是 **Leo** 昨天早上的活動時刻表，請根據這些資料填入正確的過去簡單式、過去進行式、或過去完成式：

6:00 a.m. He got up.	7:30 He drove to his dentist appointment.
6:00 ~ 7:00 He ate breakfast.	8:00~9:30 The dentist cleaned his teeth.
6:30 He watched the news.	10:00 He drove to work
7:00 He showered.	12:00~1:00 He had a lunch meeting

1. At 6:30, Leo _____ (watch) the news.

2. Leo _____ (have) his teeth cleaned at 8:30.

3. He _____ (got) up at 6:00.

4. By 7:30, he _____ (shower) already.

5. Before he _____ (shower), he _____ (watch) the news.

6. He _____ (eat) breakfast while _____ (watch) the news.

7. Leo _____ (not have) time to exercise this morning,

8. He _____ (has) a meeting during lunch at noon.

9. Before he _____ (arrived) at work, he _____ (spend) an hour and a half at the dentist's office.

10. At 12:30, he _____ (be) in a lunch meeting.

◉ 練習解答

1. watched **2.** had **3.** got **4.** had showered **5.** showered, watched
6. ate, watched **7.** did not have **8.** had **9.** arrived, spent **10.** was

休息是為了
走更長遠的路

◉ 文法焦點
過去式總複習

焦點文法搶先看
焦點文法與本單元主題的關係

● 過去簡單式：主詞 + 過去式動詞

● 過去進行式基本句型：主詞 + was/were + Ving

● 過去完成式基本句型：主詞 + had + p.p.

Aa 主題參考單字／片語
Vocabulary & Phrases

● **lay off (phr.)** 裁員（lay 的過去分詞為 laid）
● **opportunity** (n.) 機會
● **stress** (n.) 壓力
● **fortunately (adv.)** 幸好

● **cover** (v.) 涵蓋、應付（花費）
● **living expenses** (n.) 生活開銷
● **former** (a.) 之前的、以前的
● **colleague** (n.) 同事

翻譯大挑戰
試翻譯下面的句子

1. 琳達 (Linda) 上個月被公司裁員了。她決定利用這個機會休息一陣子。

_____

2. 雖然她那份工作做了五年，也一直很喜歡，但最後那一年她的壓力實在很大。

_____

3. 幸好她在失業前存了錢，足夠應付半年的生活開銷。

_____

4. 兩個星期前，當她正在海邊享受假期時，手機突然響了。

_____

5. 一位以前的同事自己開了公司，想要請琳達擔任經理。在休息兩周後，琳達已經等不及要回去工作了！

_____

1 **Linda was laid off by her company last month. She decided to take this opportunity to rest (for) a while.**

琳達上個月被公司裁員了。她決定利用這個機會休息一陣子。

●**翻譯說明重點**│第一個句子用的是過去式的被動語態。被動語態的基本句型是：主詞 + be 動詞 + p.p.，後面可再用介系詞 by… 表示「被……（所……）」。這句的時間是上個月，主詞是琳達，所以 be 動詞用 was。

● 第二句指在被裁員後，她決定要利用機會休息，是已發生的事，且並沒有刻意強調是在另一過去事件之前所發生的，用單純的過去簡單式即可。

練習 1│

a. 去年湯姆沒有受邀參加強生家的耶誕派對。

Tom _____ (not, invite) to the Johnsons' Christmas party last year.

b. 發生意外之後，她有好幾年不敢開車。

After the accident, she _____ (be) too scared to drive for several years.

2 **Although she (had) had the job for five years and always liked it, she had been / she was under a lot of stress during the last year.**

雖然她那份工作做了五年，也一直很喜歡，但最後那一年她的壓力實在很大。

●**翻譯說明重點**│這裡的「做了五年」和「壓力很大」，可以看作是在她被裁員前持續一段時間的事，用過去完成式；但也可以當作是單純描述過去的事情，用過去簡單式。

● 過去完成式常和過去簡單式通用，端看說話者是否要強調事件的先後順序。

●「壓力大」除了用 be under a lot of / great stress / pressure 外，也可說 be stressed out。

練習 2 |

a. 在她上個月去香港前，她從來沒有離開過台灣。

She _____ never _____ (leave) Taiwan before she
_____ (go) to Hong Kong last month.

b. 我今天早上出門前有餵狗。

I _____ (feed) the dog before I left home this morning.

c. 我最近壓力很大。

I _____ (be) _____ great stress lately.

d. 他昨晚因為壓力太大而睡不著。

He _____ (be) too stressed out to sleep last night.

3　Fortunately, she (had) saved enough money before loosing her job to cover her living expenses for six months.

幸好她在失業前存了錢，足夠應付半年的生活開銷。

◉ **翻譯說明重點** | 這句很清楚點出是在失業「前」存的錢，而失業是上個月發生的事，因此「存錢」用過去完成式。不過，也可以把存錢看作是單純的過去事件而用過去簡單式。

● 說話者可以決定是否要強調哪個過去事件先發生。若要強調，則較早發生的事用過去完成式。

練習 3 |

a. 他們在結婚前只交往了兩個月。

They _____ (only, date) for two months before they _____
(get) married.

b. 我在打電話給她前已先寄了三封電子郵件給她。

I _____ (send) her three e-mails before I called her.

4 **While she was enjoying her vacation on the beach two weeks ago, her cell phone suddenly rang.**

兩個星期前，當她正在海邊享受假期時，手機突然響了。

● **翻譯說明重點｜** 這裡的「正在……」指的是兩個星期前的某時刻，強調當時發生的動作，所以用過去進行式。

● 「手機響」是過去的偶發事件，用過去簡單式。 while 當作「當……的時候」時，後面接過去進行式，所以這裡前半句剛好可用 while，但用 when 也可。

練習 4｜

a. 他昨天打電話來時，我們正在吃晚飯。

When he _____ (call) yesterday, we _____ (have) dinner.

b. 昨晚我正在上網時，突然停電了。

The power suddenly _____ (go) off while I _____ (surf) the Internet last night.

---

5 **A former colleague (had) started her own company and wanted to hire Linda to be the/a manager. After resting for two weeks, Linda couldn't wait to go back to work!**

一位以前的同事自己開了公司，想要請琳達擔任經理。在休息兩周後，琳達已經等不及要回去工作了！

● **翻譯說明重點｜** 這裡要強調這位同事是在打電話給琳達前就「已」開了公司（用過去完成式），或是單純描述過去事件（用過去簡單式），一樣都可以。但要記得，她接到電話是兩周前的事，所以「等不及」的片語 can't wait to... 要改用過去式的 couldn't wait to...。

● 至於經理一職，前面用定冠詞 the 表示該公司只有一名經理，用不定冠詞 a 則表示不只一位經理。從題目裡看不出是哪種情況，因此都可以。

練習 5

a. 前任市長在下台前核准了體育館的興建。

The _____ mayor _____ (approve) the construction of the gymnasium before he _____ (step) down.

b. 在我們搬進這棟房子之前,前任屋主已經重新粉刷過。

Before we _____ (move) into the house, the _____ owner _____ (repaint) it.

◉練習解答

1. a. wasn't invited　　**b.** was

2. a. had, left, went　　**b.** had fed 或 fed　　**c.** have been, under　　**d.** was

3. a. had only dated 或 only dated, got　　**b.** had sent 或 sent

4. a. called, were having　　**b.** went, was surfing

5. a. former, had approved 或 approved, stepped

　　b. moved, former, had repainted 或 repainted

文法教室
文法教學焦點，英文思考系統重整

Review: 過去式時態總複習

時態	意義	基本句型
過去簡單式	發生在過去某時，且已結束的動作	主詞 + 過去式動詞
過去進行式	過去某時刻正在做的事	主詞 + was/were + Ving
過去完成式	強調在過去某個時間點之前，就已經發生的事情、曾有過的經驗，或已持續一段時間的動作或狀態。常和過去簡單式通用。	主詞 + had + p.p.

例 I **got up** late this morning. 我今天早上晚起了。（過去發生且已結束了的事）
I **was sleeping** when my father left home for work.
我爸出門上班時，我正在睡覺。（過去某時刻正在做的事）
He **had already left** when I woke up.
我醒的時候他已經離開了。（在過去某件事之前就已經發生的事）

文法練習
文法教學焦點，英文思考系統重整

用過去簡單式、過去進行式或過去完成式完成下列句子。

1. Henry _____ (start) working for his father three years ago. Before that, he _____ (never, have) a job.

2. Something _____ (burn) when I got home from work. I rushed to the kitchen and found a pot of meat on the stove. Apparently, my mother _____ (forget) to turn off the stove before she _____ (go) to the store.

3. You _____ (not, pick) up the phone when I _____ (call). _____ you _____ (sleep)?

4. Mr. Wilson _____ (always, want) to visit Paris before he retired. However, he _____ (be) very disappointed after he _____ (go) there last year.

5. The driver _____ (doze) off when he _____ (hit) a boy on a bike.

6. Where _____ you _____ (put) the batteries? I _____ (buy) some just the other day and _____ (give) them to you, remember?

7. When we _____ (arrive) at the restaurant, they _____ (already, leave).

8. The famous writer _____ (die) last week. It is said that he _____ (type) up his last book when he suddenly _____ (have) a heart attack. Before receiving a lifetime achievement award last month, he _____ (publish) over 20 books.

◉ 練習解答

1. started, had never had 或 never had **2.** was burning, had forgotten 或 forgot, went

3. didn't pick, called, Were, sleeping **4.** had always wanted 或 always wanted, was, went **5.** was dozing, hit **6** did, put, bought, gave **7.** arrived, had already left

8. died, was typing, had, had published

主題
翻譯

UNIT 7

旅遊補助

◎文法焦點
未來簡單式

焦點文法搶先看
焦點文法與本單元主題的關係

● 未來簡單式用來指未來會發生的事情,例如計畫、意圖、可能的狀況、未來的行程等。

● 動詞的部份為 **will** ＋原形動詞。

● 「未來簡單式」的另一種型態是 **be going to** ＋原形動詞。

● **be going to** 和 **will** 的差別在於 **be going to** 用來表達「事先決定的意圖」,**will** 則表示「未經事先考慮好的意圖」。此外,**will** 還表達「意願或決心」,**be going to** 則無此意。

● 另外,也可以用「現在簡單式」來表達「預先計畫好」或「肯定將要發生的事」。

● 「現在進行式」也可用來表達未來式,不過僅限於少數「來去動詞」,如 **go**、**come**、**leave**、**start**、**arrive**、**return** 等。

主題參考單字／片語
Vocabulary & Phrases

- **lingering** (adj.) 拖延的、遲遲不結束的
- **president** (n.) 總統
- **release** (v.) 發放
- **aid** (n.) 援助、補助
- **phase** (n.) 階段
- **disperse** (v.) 分散、發放
- **domestic** (adj.) 國內的
- **tourism** (n.) 旅遊業、觀光
- **make up for...** 彌補、補償
- **foreign** (adj.) 外國的
- **tourist** (n.) 遊客
- **stimulus cash** 補助金

翻譯大挑戰
試翻譯下面的句子

1. 由於新冠病毒大流行持續影響經濟，蔡英文總統將向台灣企業和公民提供更多政府補助。

2. 這項新計畫是為刺激經濟而設的第三階段措施。

3. 政府預計補助金發放後，國內旅遊業將有所成長，以彌補外國遊客的不足。

4. 有許多有趣的事可做，費用也不會太貴！

5. 我要用補助金去游泳和衝浪。

1 Because of the lingering economic impact of the COVID-19 / Coronavirus pandemic, President Tsai Ing-wen will release more government aid to the businesses and citizens of Taiwan.

由於新冠病毒大流行持續影響經濟，蔡英文總統將向台灣企業和公民提供更多政府補助。

●翻譯說明重點｜此句表示未來將發生的事，所以要用未來簡單式表達。

● 最常見的未來簡單式有兩種：

1. will + 原形動詞

2. be going to + 原形動詞

例 We will have a party = We are going to have a party.

● 當使用 be going to 時要注意與主詞的一致性。本句主詞是 everyone 為第三人稱單數，所以如果換成 be going to 的未來式時則為：Everyone **is going to get** a special red envelope.

2 This new program is going to be the third phase of measures designed to stimulate the economy.

這項新計畫是為刺激經濟而設的第三階段措施。

●翻譯說明重點｜由於接續上一句繼續說明，所以此句也是表示未來將要發生的事，一樣要用未來簡單式表達。

● designed 是過去分詞，用來形容 this new program（新計畫）。

3

The government expects that after the aid money is dispersed, domestic tourism will increase, making up for the lack of foreign tourists.

政府預計補助金發放後，國內旅遊業將有所成長，以彌補外國遊客的不足。

◉**翻譯說明重點**｜在此句中，總共有三個動詞 expect, is dispersed 和 will increase，所以需要兩個連接詞 that 和 after 連接。

● expects 是表示是一種常態的現在簡單式，後面由 that 帶出的名詞子句 after the aid money is dispersed, domestic tourism will increase, making up for the lack of foreign tourists 作為 expects 的受詞，當 that 為受詞時是可以省略的。

● 接下來我們來分析這名詞子句中的結構：

the aid money is dispersed 為附屬子句

domestic tourism will increase 為主要子句

● 附屬子句作為主要子句的先決條件。所以雖然都是指未來的事情，主要子句才是主要發生的未來事件，所以一定要用未來式。但是附屬子句必須發生在主要子句之前，條件必須先成立，要比未來式早發生，所以要用現在簡單式。這也就是大家常聽到的條件句，用現在簡單式代替未來式。

4

There are lots of fun things to do that won't be too expensive!

有許多有趣的事可做，費用也不會太貴！

◉**翻譯說明重點**｜名詞子句裡，是未來的事情所以要用未來式。

● 這邊用到 there is / there are 的句型，is 或是 are 取決於後面所搭配的名詞單複數決定。

例 There **is a book**.

There **are books**.

● 由於使用未來式的關係，就會變成

例 There will be a book.

例 There will be books.

● will be 是不受名詞單複數影響的。如果是 be going to be 的話就要小心名詞單複數：

例 There will be a book. → There **is** going to be **a book**.

例 There will be books. → There **are** going to be **books**.

所以本句也可寫成 I hope that there aren't going to be too many people in line.

5 I am going swimming and surfing with my stimulus cash.
我要用補助金去游泳和衝浪。

◉**翻譯說明重點**｜本句是用 I am going swimming 代替 I am going to go swiiming 或是代替 I will go swimming.

● 在第一題中已解釋最常見的未來簡單式有兩種，但值得注意的是，**在未來簡單式中，來去動詞 (go, come, leave...) 這些來來去去本身具有移動意味的動詞作為正在進行式表達時，其實已具有正在進行或即將進行的意思**：

例 I am going home. 我正在回家。

例 I am going to go home. (I will go home.) 我即將回家。

● 在這兩句當中，前句是說話的人已經在回家的路上了；後句是將要回家。但是這兩句其實說話者都還沒回家，但卻都有指出未來式的意味，代表尚未完成但是已經進行或將要完成的動作，所以來去動詞的現在進行式可以代替未來式。因此這句可以用 I am going shopping.、I am going to go shopping. 或是 I will go shopping.。

文法教室
文法教學焦點，英文思考系統重整

Because、thus、with 用法示範

because

because of 為介系詞連接表示原因的名詞；但是如果是連接表示原因的句子就要用連接詞 because 。

● **Because of** the heavy rain, we stayed home.

● **Because** it rained heavily, we stayed home.

thus 意思為「因此」，為副詞功用，通常在句首串連接上句與下句之間的語氣。同義字有 therefore, hence 等。

Thus

● I love English. **Thus,** I practice speaking English every day.

with 可以當作「攜帶」、「陪伴」、「穿戴」或是「使用」。

with

● You should go out **with** an umbrella. （攜帶）

● The Chinese eat **with** chopsticks. （使用）

● She is the one **with** big glasses. （穿戴）

● I can go to the concert **with** you. （陪伴）

文法教室
文法教學焦點，英文思考系統重整

未來簡單式

未來簡單式 (Future Simple) 用以描述「未來的狀態、事實，表示在不久的未來將會去做的事時，動詞必須用未來式。

句型：(1) will ＋ 原形 V	句型：(2) be going to ＋ 原形 V
I'll (= I will) be back.	I am going to be back.
He'll (= He will) come.	He is going to come.
They won't (= will not) do it.	They are not going to do it.
A: Will you help me? B: Yes, I will.	A: Are you going to help me? B: Yes, I am.
There will be a game soon.	There is going to be a game soon.
There will be two shows.	There are going to be two shows.

文法練習
文法教學焦點，英文思考系統重整

請根據以上句型用未來簡單式完成下列句子。

1. I'll _____ (arrive) at Tainan station shortly. My mother _____ (pick) me up.

2. I am going to _____ (attend) to the ball game on Saturday. My brother is going to _____ (be) playing.

3. I'lll _____ (apply) for the job on Monday, and I'll _____ (mention) my past experience.

4. I am going to _____ (attend) my sister's wedding in the spring. I am going to _____ (travel) by train.

5. I am going to_____ (throw) a party for my father, who is going to _____(be) 50 years old next week.

6. I will _____(join) you in Tainan after the New Year. I won't _____ (be) able to leave Taipei until then.

◉ 練習解答

1. arrive, pick   **2.** attend, be   **3.** apply, mention   **4.** attend, trave
5. throw, be   **6.** join, be

來去動詞的現在進行式代表未來簡單式常見來去動詞 **(go, come, leave, visit, stay)**

句型：主詞 **+ be + going to** 地點 **.**
I **will go** home.（未來式） = I **am going to go** home.（未來式） = I **am going** home.（現在進行式代表未來式）

請根據以上句型完成下列句子。

1. On Tuesday, I will _____ (leave) the hospital. I will _____ (stay) under the doctor's care here until then.

2. I hope my nephew will _____ (come) next week. He told me he will _____ (visit) me soon.

3. I will _____ (go) to Kaohsiung tomorrow. After that, I will _____ (come) to see you in Taitung.

4. Sarah is going to _____ (leave) New York as soon as she's done with school. She is going to _____ (visit) Europe.

5. I am going to _____ (stay) with my current job for now. I am going to _____ (come) to Tokyo for work.

6. I will _____ (go) to Paris next summer. I am going to _____ (stay) in a hotel.

◉ 練習解答

1. leave, stay   **2.** come, visit   **3.** go, come   **4.** leave, visit   **5.** stay, come   **6.** go, stay

> 連接詞 when、before、after、if 等所引導表示時間的副詞子句，必須用現在簡單式代替未來式。見下表：

> **When** the rain stops, we will go out.
> **Before** you leave, you must turn off the light.
> **After** he arrives tomorrow, I will show him around.
> **If** there is a test tomorrow, we will not go to the movies.

請根據以上句型完成下列句子。

1. Before Lee _____ (travel) to Seattle, he _____ (read) about the local culture.

2. After I _____ (cook) the turkey, I _____ (serve) you each a helping.

3. If the basketball team _____ (win), we _____ (celebrate) with ice cream.

4. When the clock _____ (strike) midnight, we _____ (say) "Happy New Year!"

5. After I _____ (exercise), I will _____ (relax) and watch TV.

● 練習解答

1. travels, will read   **2.** cook, will serve   **3.** wins, will celebrate   **4.** strikes, will say
5. exercise, will relax

NOTE

主題翻譯

UNIT 8

空檔年

◉ 文法焦點
未來進行式

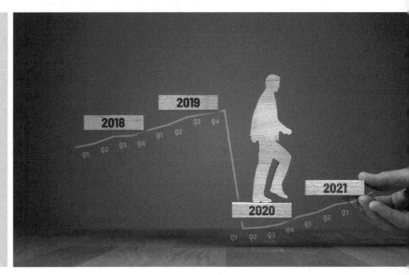

📖 **焦點文法搶先看**
焦點文法與本單元主題的關係

● 未來進行式 **(future progressive)** 指在未來某個明確的時間點將正在進行的動作或事情。
中文的「將（正）在……」就要用未來進行式來翻譯。

● 基本句型：主詞 ＋ will be ＋ Ving.

Aa **主題參考單字／片語**
Vocabulary & Phrases

● **gap year** 空檔年（通常是趁著上大學前先休息一年，通常是去旅行或是工作，目的是
期待心志上有所成長，或是在上高等教育前，先做好準備）
● **downtown** (n.) 市中心
● **freedom** (n.) 自由
● **look at** 考慮

翻譯大挑戰
試翻譯下面的句子

1. 我等不及高中終於要畢業了，因為我要過一個空檔年。

_____

2. 我的朋友瑞克 (Rick) 和我將在市中心租一間公寓，跟我們朋友住得很近。

_____

3. 我們有工作和省錢計畫，但也會享受自由。

_____

4. 到了九月，我們一夥朋友會在我們一起租的海濱別墅放鬆度假。別擔心，我還是會考慮
   升大學和規劃未來。

_____

5. 但就目前來說，我要過自己的生活，並在現實世界中積累經驗，當然也要玩得開心！

_____

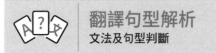
1

I can't wait for high school to finally end, because I am going to take a gap year.

我等不及高中終於要畢業了,因為我要過一個空檔年。

◉ **翻譯說明重點** | 在此句中,主要子句用現在簡單式,表示現在的事實狀態。Because 這個副詞子句中,所表達的是未來的事實,就要用「未來簡單式」表示。

● 「等不及要……」的句型為:「can't wait to V」、「can't wait for 名詞 to V」、「can't wait until + 子句」。

● 「過個空檔年」前面的動詞要用 take。

練習 1 |

a. 我等不及 7 月 4 日到來了!

I ＿＿＿＿＿＿＿＿ the 4th of July to arrive!

b. 我等不及看到葉子再次開始變色了!

I can't wait until the leaves ＿＿＿＿＿＿＿＿ again!

2

My friend Rick and I will be renting an apartment in downtown, close to our other friends.

我的朋友瑞克和我將在市中心租一間公寓,跟我們朋友住得很近。

◉ **翻譯說明重點** | 從上一句可看出,這些計畫是會在未來的空檔年發生的,所以使用未來進行式:主詞 + will be + Ving 的句型。

練習 2 | 我將第一次獨自探索生活。

I ＿＿＿＿＿＿＿＿ on my own for the first time.

---

3 **We have plans to work and save money, but we will be enjoying our freedom, too.**

我們有工作和省錢計畫，但也會享受自由。

● **翻譯說明重點**｜前面的子句表現在已經有計畫，用現在簡單式。連接詞 but 後面的子句，因為空檔年還沒到，是未來的事，所以要用未來進行式。

練習 3 ｜

a. 我現在在學校努力工作，但很快我就會擁抱自由！

I work hard at school now, but soon I _____ freedom!

b. 我和父母住在一起，但是今年夏天，我將獨自探索生活！

I _____ with my parents, but this Summer I will be exploring life on my own!

---

4 **In September, our group of friends will be relaxing in the beach house we rented together. Don't worry; I will still be looking at colleges and planning for my future.**

到了九月，我們一夥朋友會在我們一起租的海濱別墅放鬆度假。別擔心，我還是會考慮升大學和規劃未來。

● **翻譯說明重點**｜第一句，因為是未來某個明確的時間點（九月）正在進行的事，所以要用未來進行式。第二句，也是到時候會考慮，有明確時間，一樣要用未來進行式。

● 第二句中，and 前後的動詞共用前面的 be 動詞，動詞都加 ing。

練習 4 ｜

a. 我將學習很多關於生活的重要課程。

I will be _____ a lot of important lessons about life.

b. 我將思考自己的未來，並進一步了解自己的目標。

I will be thinking about my future and _____ more insight into my goals.

5

But for now, I will be living my life and gaining experience in the real world, and of course having fun!

但就目前來說，我要過自己的生活，並在現實世界中積累經驗，當然也要玩得開心！

◉ **翻譯說明重點** | 由於空檔年即將到來，是個明確的時間，所以用未來進行式。

● 未來進行式：主詞 + will be + Ving 的句型，這句中的動詞要變成 living、gaining 和 having，共用前面的 will be。

練習 5 |

a. 我將享受離開學校的時間，但同時也將留意我的未來。
I will be _____ my time out of school, but I will be keeping an eye on my future as well.

b. 我將學習新的職責，並結識新朋友。
I will be learning new responsibilities and I _____ new friends.

◉ **練習解答**

1. a. can't wait for **b.** will begin changing colors
2. will be exploring life
3. a. will be embracing **b.** live
4. a. learning **b.** gaining
5. a. enjoying **b.** will be making

文法教室
文法教學焦點，英文思考系統重整

過去簡單式 & 過去進行式

A. 未來進行式（主詞 **+ will be + Ving**）是表達：

未來某個明確的時間點將正在進行的動作或事情	I will be sleeping **at eight tomorrow morning**.
強調在該事發生的同時會有另一件事也在進行	I will be sleeping **when you come home**.
將來會持續一段時間的動作	She **will be working** in Tokyo **next month**.

B. 有些狀況用未來簡單式或未來進行式都可以，特別是動作會發生的時間不那麼明確的時候。

> 例 I **will go** there sometime next week. （○）
> I **will be going** there sometime next week. （○）

C. 比較：未來簡單式和未來進行式

> ● 未來簡單式用來表達在未來的時間將發生的事，或是未來的計劃。句型有兩種：
> 1. 主詞 + am / are / is + going to V（表已安排、計劃的事情）
> 2. 主詞 + will V（表將來的推測或主動的意願）
>
> ● 在形容某件未來會發生的事件或動作的情況下：
> **1.** 若某事件會在特定或明確的時間發生時，用未來進行式
> 例 A: Can you pick up the kids at 8:00pm tonight?
> B: I don't think I can make it, Sam has an extra NBA ticket, so we **will be watching** the game **at that time**.
> 　　　　　　　　　　　│
> 　　　　　　　明確的時間

> **2.** 若是為說話當下的決定、必然會發生的事情或對未來事件的推測（句子出現含有 **probably**、**maybe**、**I think**、**I expect**、**I hope**…等字眼），用未來簡單式
>
> 例 I **will** call them **now**.（說話當下的決定）
>
> **I think** Taiwan **will** be a very different country **in fifty years**.（對未來的推測）
>
> There **will** be a **full moon tomorrow**.（必然會發生的事情）

文法練習
文法教學焦點，英文思考系統重整

請依括弧內提示用未來簡單式 **(will V)** 或未來進行式 **(will be Ving)**，完成下列句子。

1. In the Winter, the pond _____ (freeze), and we _____ (play) hockey.

2. _____ you _____ (study) at seven? I'd like to go to the movies.

3. I won't be home at five. I _____ still _____ (travel).

4. I _____ (exercise) for the next half hour, so tell anyone who calls to leave a message.

5. There's no alarm clock here, but you _____ (hear) the rooster, and you _____ (start) your day.

6. The ship _____ (sail) toward land around the time the storm is expected to hit.

7. Students _____ (continue) to complain about their homework. They'll never change!

8. I _____ (send) you the documents, so you _____ (be) able to proofread them.

> ◉練習解答
>
> **1.** will freeze, will play   **2.** Will, be studying   **3.** will, be traveling   **4.** will be exercising
>
> **5.** will hear, will know   **6.** will be sailing   **7.** will continue   **8.** will send, will be

NOTE

人生計畫

◉ 文法焦點

未來完成式

焦點文法搶先看

焦點文法與本單元主題的關係

● 未來完成式 (future perfect)：指在未來某個時間點或期限之前，將已經完成的事情，或將已持續一段時間的動作、狀態。中文裡的「將已（經）……」就要用未來完成式來翻譯。

● 基本句型：主詞 + will have + p.p.（過去分詞）

Aa　主題參考單字／片語
Vocabulary & Phrases

● **wedding anniversary** (n.) 結婚周年紀念日
● **pay off** (phr.) 還清、付清
● **mortgage** (n.) 房貸
● **retire** (v.) 退休
● **save** (v.) 存

翻譯大挑戰
試翻譯下面的句子

1. 到了這個月底，詹姆斯 (James) 將已和他的女友認識滿三年。

_____

2. 他們將在今年年底結婚。根據他們的計劃，在結婚滿五年之前，他們將已買下第一棟房子。

_____

3. 到了那個時候，他們也將已經生下至少一個孩子。

_____

4. 等詹姆斯和他太太結婚滿二十年時，他們將已付清房貸。

_____

5. 在他們退休時，他們將已存夠錢到世界各地旅遊。他們在七十歲之前將已去過至少三十個國家。

_____

1 **James will have known his girlfriend for three years at the end of the month.**

到了這個月底，詹姆斯將已和他的女友認識滿三年。

●**翻譯說明重點** | 表達「將已⋯⋯」就要用未來完成式：主詞 + will have p.p. 的句型。本句中的「這個月底」就是一個未來時間點，到了月底那天才滿三年，前面的介系詞要用 at 而不是 by，因為 by 表示在某個時間點之前就已⋯⋯。

練習 1 |

a. 到明年六月時，我將已在這家公司工作滿五年。

_____ June next year, I _____ (work) at this company for five years.

b. 下周一之前，我們將已完成企劃書。

We _____ (finish) the proposal _____ next Monday.

---

2 **They will get married at the end of the year. According to their plans, they will have bought their first house by their fifth wedding anniversary.**

他們將在今年年底結婚。根據他們的計劃，在結婚滿五年之前，他們將已買下第一棟房子。

●**翻譯說明重點** |「將在今年年底結婚」要用未來簡單式，但除了 will + 原形動詞的句型外，指未來將發生的事或計劃還可用：

1. be going to V 的句型：They are going to get married....
2. 現在進行式 be Ving 的句型：They are getting married....

● 後面一句的「將已買下第一棟房子」則是用未來完成式。

練習 2

a. 鮑伯將在明年退休。那個時候他將已存了近兩百萬元。

Bob _____ (retire) next year. He _____ (save) almost two million dollars by then.

b. 你放心。雖然我下禮拜要去度假，但我會在那之前完成我所有的工作。

Don't worry. Although I _____ (go) on vacation next week, I _____ (finish) all my work before then.

3 **They will also have had at least one child by then.**

到了那個時候，他們也將已經生下至少一個孩子。

◉ **翻譯說明重點**｜「也將已經生下至少一個孩子」還是用未來完成式。這裡的「到了那個時候」其實指的是在那之前就已生下孩子，所以用 by then。by then 也可放句首，後面加逗點：By then, they will....

練習 3

a. 明天這個時候，我將已做出決定。

I _____ (make) a decision by this time tomorrow.

b. 今天下班時，琳達將已遞出辭呈。

By the end of the work day, Linda _____ (hand) in her letter of resignation.

4 **By James and his wife's 20th wedding anniversary, they will have paid off their mortgage.**

等詹姆斯和他太太結婚滿二十年時，他們將已付清房貸。

◉ **翻譯說明重點**｜這裡的「將已付清房貸」，仍是用未來完成式。這件事也是在結婚滿二十年那天之前就已做到，所以介系詞用 by 而不是 on。

練習 4 |

a. 到了這個月十五日，安妮將已經節食一個月了。

_____ the 15th of this month, Annie _____ (be) on a diet for a month.

b. 到了四月一日，里歐將已經出版他的第一本書。

_____ April 1st, Leo _____ (publish) his first book.

5

By the time they retire, they will have saved enough money to travel around the world. They will have traveled to at least 30 countries before they turn 70.

在他們退休時，他們將已存夠錢到世界各地旅遊。他們在七十歲之前將已去過至少三十個國家。

● **翻譯說明重點** | 「將已存夠錢」和「將已去過至少三十個國家」還是用未來完成式。「將到世界各地旅遊」則用未來簡單式。

● 用 by the time 所引導的時間子句，不論所敘述的時間是過去還是未來，此時間子句皆須使用現在簡單式，另外半句則用未來完成式。

練習 5 |

a. 等你回來的時候，我將已前往機場。

By the time you _____ (return), I _____ (leave) for the airport.

b. 在我三十歲之前，我將已旅居國外滿五年。

I _____ (live) abroad for over five years before I _____ (turn) 30.

● **練習解答**

1. a. In, will have worked   **b.** will have finished, by

2. a. will retire, will have saved   **b.** will go, will have finished

3. a. will have made   **b.** will have handed

4. a. On, will have been   **b.** By, will have published

5. a. return, will have left   **b.** will have lived, turn

文法教室
文法教學焦點，英文思考系統重整

Future Perfect Tense 未來完成式

A. 未來完成式（主詞 + **will have** + **p.p.**）用來表達：

在未來某個時間點或期限之前，將已經完成的事情	We **will have finished** dinner **by nine o'clock**.
將已持續一段時間的動作或狀態	**By the time she graduates**, she **will have lived** in Taichung for four years.

B. 時間介系詞

表達某時間點時，要依該時間點用適當的介系詞	**at**	用來表達一個**切確的時間**	例 at six o'clock at noon at midnight at Christmas
	on	用在**星期**和一個**日期**之前	例 on Monday on May 16 on Christmas Eve on my birthday
	in	用在**月份**、**季節**、**年份**、**世紀**及**一段時間**之前	例 in July in the winter in the 17th century in the evening
表示期限（在⋯⋯ 之前就已⋯⋯、將已⋯⋯）	**by** ＋時間		例 by 9:30 by our next anniversary
	by the time ＋現在簡單式子句		例 by the time she gets to the airport,...

C. 比較未來簡單式、未來進行式及未來完成式

Tense 時態表達之狀況

時態	表達之狀態	句型
未來簡單式	已安排、計畫的事情	主詞 + am / are / is + going to V 例 We are going to see a movie tonight.
	表達意願或對未來的推測	主詞 + will V 例 I will give you a ride to the airport.
未來進行式	未來某個明確的時間點將正在進行的動作	主詞 + will be + Ving 例 At this time tomorrow, I'll be flying over the Pacific.
未來完成式	表某動作將在未來某時間點或事件發生前完成	主詞 + will have + p.p. 例 I will have been teaching for 20 years by the day Professor Jones retires next month.

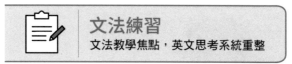

請根據句意用未來簡單式、未來進行式、或未來完成式完成下列句子。

1. Ten o'clock tomorrow morning is not a good time for me because I
_____ (drive) my parents to the airport.

2. The little boy _____ (be) missing for a month on the 25th.

3. The meeting _____ (take) place at 2:00 PM. Don't be late.

4. By the time Erica finds out about this, we _____ (correct) the
problem.

5. _____ you _____ (work) in your office or at home at
three tomorrow afternoon? I need to know where I can reach you.

6. Rita and Andy _____ (be) try the new restaurant tonight.

7. Hopefully, we _____ (receive) the money by the end of the month.

8. The movie star _____ (get) married again next week. At her
wedding, she _____ (wear) a very expensive wedding dress
designed by Vera Wang.

9. By this time next year, I _____ (graduate) from college
and _____ (start) making money.

10. I won't be able to wake you up at 8:00 A.M. tomorrow because
I _____ (leave) for work by then.

◉ 練習解答

1. will be driving **2.** will have been **3.** will take / will be taking

4. will have corrected **5.** Will, be working **6.** are going to **7.** will have received

8. will get, will wear / will be wearing **9.** will have graduated, started

10. will have left

學習規劃

◉ 文法焦點
未來式總複習

 焦點文法搶先看
焦點文法與本單元主題的關係

● 未來簡單式基本句型： **(1)** 主詞＋ **will** ＋原形動詞（表肯定預測）
(2) 主詞＋ **am/are/is** ＋ **going to** ＋原形動詞（表計劃）
(3) am/are/is ＋ **Ving**（以現在進行式表示未來式）

● 未來進行式基本句型：主詞＋ **will be** ＋ **Ving**

● 未來完成式基本句型：主詞＋ **will have** ＋ **p.p.**

 主題參考單字／片語
Vocabulary & Phrases

● **continue** (v.) 繼續
● **advanced** (adj.) 高階的
● **tutor** (n.) 家庭教師
● **put... to use** 使用、利用⋯

● **Empire State Building** 帝國大廈
● **Broadway** (n.) 百老匯
● **landmark** (n.) 地標

翻譯大挑戰
試翻譯下面的句子

1. 吉姆 (Jim) 將於今年秋季繼續深造英語。

_____

2. 這將是他第二年跟著私人家教瓊斯太太 (Mrs. Jones) 學習。

_____

3. 明年此時他將飛往紐約市探望他的姐妹。

_____

4. 他到美國後將利用所學的英語技能與在當地遇到的人交談。

_____

5. 返回台灣前,他將參觀帝國大廈、百老匯等該市其他知名地標。

_____

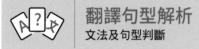
1 Jim will continue his advanced study of English this fall.

吉姆將於今年秋季繼續深造英語。

● **翻譯說明重點** | 此句表示未來將發生的事，所以要用未來簡單式表達。兩種未來簡單式的句型裡，用 will ＋原形動詞較恰當，但用 is going to ＋ V 也可以。

● 另外，現在進行式也可以用來表達未來的事情，所以這句也可以寫成：Jim is continuing his advanced study of English this fall.

● 這句也可用未來進行式喔！Jim will be continuing his advanced study of English this fall.

練習 1 | 在秋天，樹木的葉子會改變顏色。

In fall, the leaves of the trees ＿＿＿＿＿＿＿＿ their color.

2 This will be his second year with Mrs. Jones, his private tutor.

這將是他第二年跟著私人家教瓊斯太太學習。

● **翻譯說明重點** | 這是吉姆未來即將做的事，所以用未來簡單式。

● 「第二年」、「第三高」等的表示法，是用序數 second、third、fourth……等 ＋ 最高級形容詞。所以「他第二年」是 his second year，「第五高的大樓」則是 the fifth tallest building。

練習 2

a. 以這個速度,我應該以第三名結束比賽。

At this rate, I should finish the race in _____ place.

b. 這是我第四次看這部電影。

This is my _____ time watching this movie.

3 **At this time next year, he will be flying to New York City to visit his sister.**

明年此時他將飛往紐約市探望他的姐妹。

◉**翻譯說明重點** | 這句的時間點是未來的明確時間,且要表達的是當時「將正在」做的事,因此要用未來進行式 will be + Ving 的句型。

練習 3

a. 明天中午,我將在公園裡吃午餐。你會來和我一起嗎?

At noon tomorrow, I _____ in the park. Will you join me?

b. 明天晚上將是我自 6 月以來的第一個唱歌卡拉 OK 的晚上。

Tomorrow night _____ karaoke since June.

4 **He will put his English skills to use while he is in the U.S. by talking to the people he meets there.**

他到美國後將利用所學的英語技能與在當地遇到的人交談。

◉**翻譯說明重點** | 這裡的事情可以視為他的計畫,也可以當作確定會發生的事,所以用未來簡單式的兩種句型都可以,而且因為有點出時間,用現在進行式也可以。

● while 或 when 後面的條件子句則要用現在簡單式。

a. 你這周末在家的時候會烤蛋糕嗎？

_____ you _____ (bake) a cake while you _____

(be) home this weekend?

b. 你遇到愛力克斯時，請和他說我和他說哈囉。

When you _____ (meet) Alex, please _____ (tell) him

I _____ (said) hello.

---

5 Before returning to Taiwan, he will have visited the Empire State Building, Broadway, and other famous landmarks in the city.

返回台灣前，他將已參觀帝國大廈、百老匯等該市其他知名地標。

● 這裡強調回台灣前就「已」參觀過景點和體驗剪羊毛，故用未來完成式 will have + p.p. 的句型。

● before 和 after 所連接的兩個子句，若主詞相同時，可把 before 和 after 後面的主詞省掉，接 Ving，把主詞放在另一個子句裡。

a. 六月過後，我就已經在同樣的商店工作滿五年了。

After June, I _____ (work) at the same store for five years.

a. 今年九月開學以前，你將會已經賺到足夠的學費。

Before school _____ (begin) this September, you _____

(earn) enough money for tuition.

◉ 練習解答

1. will change/will be changing

2. a. third　　　　　　　　　　　　**b.** fourth

3. a. will be eating lunch　　　　　**b.** will be my first night singing

4. a. Will, bake, are　　　　　　　 **b.** meet, tell, said

5. a. will have worked　　　　　　 **b.** begins, will have earned

文法教室
文法教學焦點，英文思考系統重整

未來式總複習

時態	意義	基本句型
未來簡單式	未來時間將發生或將做的的事	1) 主詞＋ will V（表示對未來事件極為肯定的預測，或自願要做的事） (2) 主詞＋ am/are/is going to ＋ V（表示計畫、打算） (3) 主詞＋ am/are/is ＋ Ving（當時間點很明確是指未來時，也可以用現在進行式。但用現在進行式表達未來的事情時，較看不出是很肯定的預測或只是暫時的計畫）
未來進行式	未來某時刻將正在做的事	主詞＋ will be ＋ Ving
未來完成式	強調在未來某個時間點時，將已經發生的事情、曾有過的經驗，或已持續一段時間的動作或狀態。	主詞＋ will have ＋ p.p.

例 I **will not go/am not going to work** tomorrow. 我明天不會去上班。（肯定會發生在未來時間的事）

I **am going to call/calling** Tom later. 我晚一點要打電話給湯姆。（未來的計劃）

I hope he **won't be sleeping** when I call.

希望我打電話過去時，他不會剛好在睡覺。（未來某時刻將正在做的事）

By the time you get to the station, the train **will have left**.

等你到達車站時，火車將已經離開了。（強調未來時間點將已經發生的事）

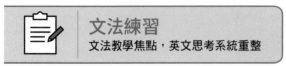
用未來簡單式、未來進行式或未來完成式完成下列句子。

1. Please _____ (go) to the grocery store around noon. Mr. Brown _____ (has) our order ready to be picked up by then.

2. Tomorrow I _____ (sleep) late. I won't _____ (answer) my phone or email in the morning.

3. I _____ (be) working in my field for a decade in May, so I think my experience _____ (be) enough to help find a new job.

4. This weekend _____ (be) the best time to see the cherry blossoms. Unfortunately, I _____ (travel) back to my hometown then.

5. I _____ (take) many photos of my trip to the countryside, and _____ (show) them to you when I return.

6. I _____ (plan) my trip well, so I _____ (be) organized and on time.

7. I _____ (golf) tomorrow on my day off. I _____ (enjoy) the sunshine and exercise.

◉ 練習解答

1. go, will have **2.** will sleep, answer **3.** have been, will be **4.** will be, will trave

5. will take, will show **6.** will plan, will be **7.** will golf, will enjoy

NOTE

有時間真好

◉ 文法焦點
假設語氣

焦點文法搶先看
焦點文法與本單元主題的關係

假設語氣 (conditional mood) 可用在表達常態性的因果、預設未來事件的發生，或做出和事實不符的陳述。假設語氣的句子裡常用到 **wish** 或 **if** 這兩個字，依假設的狀況分為三種：

● 表達常態性的因果，或預設未來事件發生的條件：

If + 現在簡單式子句 **,** 主詞 **+ can/will +** 原形 **V**
　　　　└─ 條件子句

※ 前後兩個子句可對調，但各自時態不變，且條件子句在後面時，兩個子句中間不用逗點。

● 和現在事實相反的假設：

(1) If + 過去簡單式子句 **,** 主詞 **+ would/could +** 原形 **V**
　　　　└─ be 動詞一律用 were
(2) 主詞 **+ wish(es) +** 過去簡單式子句

● 和過去所發生的事實相反的假設：

(1) If + 過去完成式子句 **,** 主詞 **+ would/could + have p.p.**
(2) 主詞 **+ wish(es/ed) +** 過去完成式子句

主題參考單字／片語
Vocabulary & Phrases

- **luxury** (n.) 奢侈、奢華
- **exception** (n.) 例外
- **balance** (v.) 平衡
- **obligation** (n.) 義務
- **invest** (v.) 投資
- **breeze** (n.) 微風
- **pay off** 取得成功、有好結果
- **leisure** (n.) 閒暇

翻譯大挑戰
試翻譯下面的句子

1. 我想大多數人都夢想過著奢侈的生活，或至少有更多空閒時間，我也不例外。

2. 我希望能找到一種方法來平衡我的義務與個人興趣和休閒時間。

3. 如果這些年來我能更聰明地投資我的錢，我的財富可能已經增加到足以讓我減少工作量。

4. 我現在可能可以在沙灘上享受清爽微風，不需擔心任何事。但任何時候開始投資永遠不會太晚。

5. 也許幾年後，一切都會有回報，我將能過著悠閒的生活！

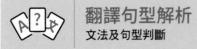

翻譯句型解析
文法及句型判斷

1 I guess most people dream of living a life of luxury, or at least having more free time, and I am no exception.

我想大多數人都夢想過著奢侈的生活，或至少有更多空閒時間，我也不例外。

◉ **翻譯說明重點** | 此句表示一般來說大家的夢想，為一般的真理，故使用現在簡單式。

● dream of + Ving 表示「夢想發生某事」，後面分別接 living 和 having。

● 「也不例外」的句型為：主詞 + be + no exception.

練習 1 |

a. 我夢想贏得彩券並像明星一樣生活。

I _____ the lottery and living like a star.

b. 許多人認為，如果有更多的錢，生活會更輕鬆，吉姆也不例外。

Many people think their life would be easier if they had more money, and Jim _____ .

---

2 I wish I could find a way to balance my obligations with my personal interests and relaxation time.

我希望能找到一種方法來平衡我的義務與個人興趣和休閒時間。

◉ **翻譯說明重點** | 由於這是和事實不符的假設，所以要用過去簡單式，用「主詞 + could/would + 原形 V」。

● 用 wish 這個字通常表示不太可能達成的願望；hope 則是希望會發生且可能成真的事。

練習 2 |

a. 如果不需要工作，我可以探索自己的興趣，並花更多的時間陪伴家人。

I _____ my interests and spend more time with my family if I didn't have to work.

b. 我希望我可以住在海邊的一所大房子裡，每天游泳。

I _____ I could live in a big house near the ocean and swim every day.

c. 我的願望是發財，但我知道這是不現實的。

My wish is that a fortune would _____ (come) my way, but I know this is unrealistic.

3

If I had only invested my money more wisely all those years ago, it might have increased enough to allow me to work less.

如果這些年來我能更聰明地投資我的錢，我的財富可能已經增加到足以讓我減少工作量。

● **翻譯說明重點** | 「如果這些年來……，我的財富可能已經……」是和過去事實不符的假設。此時在 if 後面的子句用過去完成式 (had p.p.)，而另一個子句則用「主詞 + might/would/could + have p.p.」。

練習 3 |

a. 如果我先前不需要工作那麼久，就可以探索自己的才華，例如繪畫。

If only I _____ work so much, I could have explored my own talents, such as painting.

b. 如果有時間，我會翻新我的廚房和浴室。

I would renovate my kitchen and bathroom, if _____ .

4

I could be on a beach right now, enjoying the cool breeze, without a thing to worry about. But it's never too late to start investing.

我現在可能可以在沙灘上享受清爽微風，不需擔心任何事。但任何時候開始投資永遠不會太晚。

◉ **翻譯說明重點** | 這是和現在事實不符的假設，所以要用過去簡單式，用「主詞 + could/would + 原形 V」。

● 「做……永遠不會太晚」其實就是「it's never too late to…」。「too… to…」表示「太……以至於不……」。

> **練習 4** |
>
> **a.** 我現在可以投資，並希望將來能獲得回報。
> I could _____ now and hopefully reap the rewards in the future.
>
> **b.** 這項投資似乎好的不真實，但我不能放棄。
> This investment might seem _____, but I can't pass it up.

5

Maybe a few years from now it'll all pay off and I'll have a life of leisure!

也許幾年後，一切都會有回報，我將能過著悠閒的生活！

◉ **翻譯說明重點** | 由於回報是尚未發生的事，為「預設未來事件」的假設句型，用未來簡單式。

> **練習 5** |
>
> **a.** 退休後，我將旅行和帶孩子們在台南共度時光。
> I _____ travel and spend time with my children in Tainan.
>
> **b.** 這並非易事，但我會確保我有足夠的積蓄享受我多年的退休生活。
> When I retire, it _____ be easy, but I will make sure I have plenty of savings to enjoy my years of retirement.

○ 練習解答

1. **a.** dream of winning **b.** is no exception
2. **a.** could explore **b.** wish **c.** come
3. **a.** hadn't have to **b.** I had the time
4. **a.** invest **b.** too good to be true
5. **a.** wil **b.** won't

文法教室
文法教學焦點，英文思考系統重整

Conditional Mood: 假設語氣

假設語氣 **1**：表達常態性事物的因果，或預設未來事件發生的條件

條件子句	結果子句	例句
if + 現在簡單式子句	1. 現在簡單式子句（常態性因果）	● **If it snows, streets get icy.** = **Streets get icy** if it snows. 如果下雪，路面就會結冰。→ 為常態因果 此句 if 可換用 when 表達）
	2. 未來簡單式（未來事件結果）	● **If it snows, schools will probably close.** 如果下雪，學校可能會停課。 → 是對未來事件結果的預測
should + 現在簡單式子句	主詞 + could / would + 原形 V	● **Should he not arrive by noon, we would leave without him.** 如果中午他還沒到，我們就先走了。 → 也是對未來事件結果的預測

● 條件子句和結果子句可對調，但各自用的時態不變。
● 條件子句若放在前半句時，兩個子句中間必須有逗點；若把條件子句若放在後半句時，則兩個子句中間不用逗點。
● 在這種假設狀況裡，可以把 if 去掉，用 should 取代。

假設語氣 2：和過去事實相反的假設

條件子句	結果子句	例句
if + 過去完成式子句	主詞 + could/ would + have p.p.	● If you hadn't helped me, **I would have gotten** into big trouble. = Had you not helped me, I **would have gotten** into big trouble. 要不是你幫了我，我會惹上大麻煩。
		● She **wouldn't have said** that if she had known the whole situation. = She **wouldn't have said that** had she known the whole situation. 要是她當時了解整個狀況，就不會說那種話。

● 在這種假設句型裡，也可以把 if 去掉，had 放在條件子句句首。
● 此假設語法若以 wish 來表達時，句型為：主詞 + wish(es/ed) (that) + 過去完成式子句

最後要注意的是：有時假設語氣中的兩個子句，是指不同時間的事，比如「要是她當初……，現在就不會……」，這時就要依據這兩個子句個別的時間，用不同的假設語氣句型。

例 **If you hadn't gotten drunk last night**, you **wouldn't have** a hangover right now.

與過去事實不符，用過去完成式　　　　　　與現在事實不符，用 would + 原形 V

要是你昨晚沒喝醉，你現在就不會宿醉了。

假設語氣 3：和現在事實相反的假設

條件子句	結果子句	例句
if + 過去簡單式子句	主詞 + could / would + 原形 V	● She **would be** happier if she made more money. 她如果賺多一點錢，會比較開心。
		● If I were you, I **wouldn't** quit my job. = Were I you, I **wouldn't** quit my job. 我如果是你，我不會辭職。

● 此種假設法的條件子句中若用的動詞是 **be** 動詞，不論主詞為第幾人稱，一律用 **were**。
● 含 be 動詞 were 的假設句型裡，也可以把 if 去掉，were 放在句首，為較文言的說法。
● 此種假設法若以 wish 表達時，句型為：主詞 + wish(es) (that) + 過去簡單式子句。

文法練習
文法教學焦點，英文思考系統重整

請根據句意填入正確的時態：

1. If my boss _____ (offer) me a raise last Friday, I _____ (stay) with the company.

2. I did _____ (not, have) any pets as a child. I think if I _____ (be) around dogs while growing up, I _____ (not, be) afraid of them now.

3. Mike wishes he _____ (study) computer graphics when he was in college. If he _____ (pursue) his interest, he _____ (can, be) working on animated films now.

4. He _____ (can, be) promoted to manager by now, If he _____ (not, decide) to take a year off.

5. Jack _____ (not, be) to California. He likes to think about what he (do) if he got an opportunity to go. He _____ (like) to try surfing and scuba diving.

6. If I _____ (had) time to learn how to play an instrument, I _____ (try) learning saxophone.

7. I wish I _____ (not, have) a fear of roller coasters! I think I _____ (have) more fun at the amusement park if I _____ (can, ride) them with my friends.

8. _____ you still _____ (be) interested in the tutoring job if you _____ (get) hired by the University?

◉ **練習解答**

1. would have offered, would have stayed   **2.** not have, had been, not be

3. had studied, had pursued, could be   **4.** could have been, had not decided

5. not been, would do, would like   **6.** had, try

7. didn't have, would have, could ride   **8.** will, be, get

少女綁架案

◉ 文法焦點

被動語態

焦點文法搶先看

焦點文法與本單元主題的關係

● 被動語態 (passive voice) 顧名思義是用來表示某人或某物「被……」。

● 基本句型為：**主詞 + be 動詞 + 過去分詞 (p.p.)**，但比較麻煩的是 be 動詞的部份必須依
時態做改變：

(1) 現在簡單式的被動句型：主詞 + am / are / is + p.p.

(2) 過去簡單式的被動句型：主詞 + was / were + p.p.

(3) 未來簡單式的被動句型：

主詞 + will be + p.p.

主詞 + am / are / is going to be + p.p.。

● 被動語態的句子裡常會提到「被……（某人或某物）而……」，這時就要在句尾用
「**by + 人或物**」來表達。

主題參考單字／片語
Vocabulary & Phrases

- **teenage** (adj.) 青少年的
- **abduct** (v.) 誘拐、綁架
- **metal** (adj.) 金屬製的
- **collar** (n.) 項圈
- **electrocute** (v.) 電擊
- **confirm** (v.) 證實

- **category** (n.)（毒品的）級別
- **medication** (n.) 藥物
- **sedate** (v.) 使鎮靜
- **arrest** (v.) 逮捕
- **nature** (n.) 本質

翻譯大挑戰
試翻譯下面的句子

1. 今年稍早，高雄 (Kaohsiung) 一名羅姓男子 (Lo) 對一名青少女下藥、綁架並讓她挨餓。

2. 少女的脖子被套上一個金屬項圈，羅男說如果她想逃走，項圈會把她電死。

3. 警方已證實羅男餵食少女四級毒品 (a category 4 anxiety medication) 使其昏沉。

4. 由於羅男持有項圈和毒品，顯然是預謀犯案。

5. 事實上這是羅男第二次因犯下這類罪行被捕，因此他明顯是危險人物。

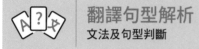
1 **A teenage girl was drugged, abducted, and starved by an older man named Lo earlier this year in Kaohsiung.**

今年稍早，高雄一名羅姓男子對一名青少女下藥、綁架並讓她挨餓。

◉**翻譯說明重點**｜今年稍早發生的事要用過去簡單式，而這裡又是被動語態，所以要把被動語態中的 be 動詞換成過去式的 was，接過去分詞 drugged、abducted、starved，最後再用介系詞 by + 做此事的人。

練習 1｜

a. 這個女孩害怕試圖逃脫，因為她受到了那個老人的威脅。

The girl was afraid to try to escape because she ＿＿＿＿＿＿＿＿ by the older man.

b. 這位少年受害者無法移動，因為她被這種藥物束縛了並且無法動彈。

The teenage victim could not move because she was restrained and immobilized ＿＿＿＿＿＿＿＿ the medicine.

c. 媒體報導了受害者的慘案。

The media ＿＿＿＿＿＿＿＿ the story of the victim's horrifying ordeal.

---

2 **The girl had a metal collar placed around her neck, which Lo said would electrocute her if she tried to escape.**

少女的脖子被套上一個金屬項圈，羅男說如果她想逃走，項圈會把她電死。

◉**翻譯說明重點**｜這句和上句在講述同一件事，所以時間點和上句相同，仍用過去簡單式。

● 在指身體的某部位被碰觸或傷害時，記得加上介系詞，句型為：受詞 + in / on / around + the 部位。

練習 2

a. 警察在嫌疑犯被捕時把手銬銬到他手腕上。

The police _____ (place) handcuffs _____ the suspect's wrists when he was arrested.

b. 瓊妮服用止痛藥，因為她的頭很痛。

Joanie _____ (take) painkiller medication, because her head was aching.

c. 讀者緊追著當地報紙上故事數週。

Readers _____ (follow) the story closely _____ the local paper for weeks.

3 **The police have confirmed that Lo used a category 4 anxiety medication to sedate the girl.**

警方已證實羅男餵食少女四級毒品使其昏沉。

◉ **翻譯說明重點** ｜ 一般集合名詞都要視為單數名詞，但 the police 卻是個特例，要視為複數名詞，也要配合複數名詞用的動詞如 are、have 等。

練習 3

a. 長久以來，這個危險的人被允許在街上遊盪。

For too long, this dangerous man _____ to prowl the streets.

b. 英勇的當地警察降低了社區犯罪率。

The neighborhood crime rate _____ brave local police.

4 Because Lo had the collar and drugs, it was clear this crime had been planned ahead of time.

由於羅男持有項圈和毒品，顯然是預謀犯案。

> ●**翻譯說明重點**｜it 是虛主詞，it was clear 形容後面的子句 this crime had been planned ahead of time。

練習 **4**｜

a. 因為那個女孩失踪了一段時間，所以社區民眾自然會擔心。
Because the girl was missing for some time, _____ that the community became concerned.

b. 由於犯罪嫌疑人過去曾因類似罪行而被定罪，因此被允許自由漫遊是令人憤慨的。
Because the suspect was convicted of similar crimes in the past, _____ an outrage that he was allowed to roam free.

---

5 In fact, this is the second time Lo has been arrested for a crime of this nature, so he is clearly a dangerous individual.

事實上這是羅男第二次因犯下這類罪行被捕，因此他明顯是危險人物。

> ●**翻譯說明重點**｜「從過去到現在的時間裡……」要用現在完成式，所以前面的句子要用現在完成式的被動句型：has been p.p.。

● so 後面的句子是現在的事實，所以用現在簡單式。

● 指到目前為止「第……次做某事」的句型為：

　It / This is the first / second / third… time + 主詞 + 現在完成式。

練習 5 |

a. 我讀過許多嚴重的犯罪檔案，但這震驚了我。

I _____ many serious crimes, but this one shocked me.

b. 我確保隨時了解附近的危險。

I make sure to stay informed about the dangers of my _____ .

c. 罪犯已證明自己對社會構成威脅。

The convict _____ himself to be a danger to society.

◉ **練習解答**

1. a. had been threatened **b.** by **c.** reported

2. a. placed, on **b.** took **c.** followed, in

3. a. was allowed **b.** was reduced by

4. a. it was natural **b.** it was

5. a. have read about **b.** neighborhood **c.** has proven

文法教室
文法教學焦點，英文思考系統重整

Passive Voice 被動語態

A. 被動語態：概念

● 被動語態顧名思義是用來表示某人或某物「被（某人某物）……」。它的基本句型為：

主詞 + be 動詞 + 過去分詞 (p.p.) +（by + 人或物）。

● 雖然有「如果能用主動語態，就要儘量避免用被動語態」的寫作原則，但有時因句意還是免不了要用被動語態來表達。

● **另外**，在 **by** 後面所接的名詞，如果很明顯地是「人」(people) 或「不明確的人或物」(someone, something) 時，通常會省去不提。

例 Spanish is spoken in Mexico. (O)
　Spanish is spoken <u>by people</u> in Mexico. (X)

例 My car was stolen last week. (O)
　My car was stolen <u>by someone</u> last week. (X)

● 除了未來進行式以及所有含有完成進行式的時態以外，**其他的時態都可以用被動句型。**

B. 被動語態：句型

所有時態的被動句型整理如下：

> ● 不同時態的被動句型就要用不同的 **be** 動詞形式。在搞不清楚該怎麼用時，只要先
> 把該時態的動詞結構列出，再與被動的結構 **(be p.p.)**「相加」，就可以得到正確
> 的結果。（以現在進行式被動語態為例）
>
> 　　　　　　現在進行式　　　　　　被動語態
> 　　　　主詞 + am/are/is **Ving**　　　**be p.p.**
>
> 　　　　　　Ving + be 可合併為 being
> 　　　　→主詞 + am/are/is + **being** + **p.p.**
>
> ● 表示語氣的助動詞 **can**、**may**、**might**、**should**、**must** 等，也可以用在被動句型，
> 比如「**can + 原形動詞**」若改成被動就是：**can be p.p.**；而像 **should have p.p.**
> 就是：**should have been p.p**.。

所有時態的被動句型整理如下：

現在簡單式被動	主詞 + **am/are/is** + p.p.
現在進行式被動	主詞 + am/are/is **being** + p.p.
現在完成式被動	主詞 + have/has **been** + p.p.
過去簡單式被動	主詞 + **was/were** + p.p.
過去進行式被動	主詞 + was/were **being** + p.p.
過去完成式被動	主詞 + had **been** + p.p.
未來簡單式被動	主詞 + will **be** + p.p. 主詞 + am/are/is going to **be** + p.p.
未來完成式被動	主詞 + will have **been** + p.p.
「助動詞 + 原形動詞」的被動	主詞 + can/may/might/should/must + **be** + p.p.
「助動詞 + have p.p.」的被動	主詞 + can/may/might/should/must + have **been** + p.p.

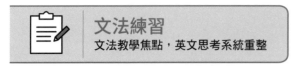

請根據句意填入正確的被動語態動詞。

1. You meal is _____ (prepare). Would you like a drink in the meantime?

2. When _____ the Constitution _____ (write)? I need to know for a history test.

3. The new park _____ (dedicate) to peace when it opens next month.

4. Shipments _____ (usually, deliver) late at night, after the store is closed.

5. Osaka castle _____ (destroy) multiple times, but a full restoration _ (complete) in 1997.

6. By the time you get here, the party _____ (end), but we'll save you some cake.

7. A new software download _____ (make) to fix the problems with the original program.

8. For decades, teenage smoking _____ (discourage) to promote health.

● 練習解答

1. being prepared **2.** was, written **3.** will be dedicated **4.** are usually delivered
5. was destroyed, was completed **6.** will have ended **7.** was made
8. has been discouraged

NOTE

主題翻譯　UNIT 13

台美關係

● **文法焦點**
比較級和最高級

 焦點文法搶先看
焦點文法與本單元主題的關係

形容詞和副詞都有比較級 (comparative) 和最高級 (superlative) 的形式。

● 比較級：兩者互相比較，像是 taller、more carefully 等。
句型：主詞 + be 動詞／一般動詞 + 比較級 + than + 比較對象

例 He **is taller than** me. 或 I **drive more carefully than** my wife.

● 最高級：某個範圍內「最……的」，所牽涉到的必須是三者以上的人事物，像是
cheapest、most easily 等。
句型：主詞 + be 動詞／一般動詞 + the + 最高級 + 範圍

例 My father **is the tallest** in my family. 或 Alan **works the hardest** in the company.
形容詞和副詞的比較級和最高級形式及變化原則，見 p. 113 的「文法教室」。

 主題參考單字／片語
Vocabulary & Phrases

● **the United States** 美國（也可稱為 **the U.S.**）
● **decade** (n.) 十年
● **military** (adj.) 軍事的

● **naval** (adj.) 海軍的
● **buildup** (n.) 發展
● **promise** (v.) 承諾
● **attempt** (n.) 攻擊、（常指不成功的）企圖

翻譯大挑戰
試翻譯下面的句子

1. 台灣與美國的關係比幾十年前更加穩固。

_____

2. 主要原因是中國的軍事活動增加，而中國比台灣大得多。

_____

3. 現今的國際局勢比近幾年更加緊張。

_____

4. 美國要慎防中國的海軍發展規模是二戰以來最大。

_____

5. 中國若以武力犯台，美國承諾採取一切行動，比對香港所採取的行動更強烈。

_____

翻譯句型解析
文法及句型判斷

1 Taiwan's relationship with the United States is much stronger than it was a few decades ago.

台灣與美國的關係比幾十年前更加穩固。

● **翻譯說明重點｜** 比較級的句子也會用來表達「更加……」，像是「更加昂貴」、「更多元」。這時就可以在比較級的形容詞或副詞前，加上 much 或是 far 來修飾，口語中也可用 a lot 和 way 這兩個字。

● 「密切的」可以用 strong 或 close。

練習 1 ｜

a. 與許多年來相比，該地區現在的局勢更加令人擔憂。

The situation in the region is ＿＿＿＿＿＿＿＿ (worrisome) now than it has been in many years.

b. 現今美國公眾對外交事務的了解比網路世代來臨前要多得多。

The American public's knowledge of foreign affairs is ＿＿＿＿＿＿＿＿ today than it was before the internet.

---

2 Much of this increased American presence in the region is due to military activity by China, a country much larger than Taiwan.

主要原因是中國的軍事活動增加，而中國比台灣大得多。

● **翻譯說明重點｜** 「主要原因」可以翻譯為 much of this，this 代表「台灣與美國的關係現在比較穩固」。

● 由於主要子句的最後一個字是 China，「而中國比台灣大得多」可以用同位語的方式，修飾前面的 China。另外由於這是額外補充的資訊（若把 a country much larger than Taiwan 也不影響語義），故前面必須加逗號。

練習 2 |

a. 國與國之間這種加劇的緊張關係，大部分原因來自大流行病的加劇。

_____ heightened tension between nations comes during the increased chaos of the pandemic.

b. 中國國家主席習近平是很有權力的人。

President of China Xi Jinping is a very _____ figure.

c. 世界第二大經濟體中國似乎對擴張感興趣。

China, the world's _____ powerful economy, seems interested in expansion.

---

3 **The international situation of today is much more tense than that of recent years.**

現今的國際局勢比近幾年更加緊張。

◉ **翻譯說明重點** | much 修飾比較級的形容詞，這個句子如果少了 "that of"，讀者也會懂，但加了以後意思更清楚。

● situation 為可數名詞，這裡是單數，所以後面可以用 "that of" 代替 "the international situation"。

練習 3 |

a. 中國的人口超過美國，但美國的國內生展總值 (GDP) 超過中國。

China _____ more people than America, but America's GDP _____ than that of China.

b. 台灣關於網路言論的法律比中國的自由得多。

Taiwan's laws about speech on the internet are _____ those of China.

4 The U.S. is wary of a Chinese naval buildup larger than anything seen since World War II.

美國要慎防中國的海軍發展規模是二戰以來最大。

◉翻譯說明重點｜「慎防…」是「be wary of + 名詞 / Ving」。

練習 4｜

a. 全球緊張局勢的加劇使許多人對太平洋的不穩定局勢保持警惕。

The increased tensions around the globe have caused many to ________________ the precarious situation in the Pacific.

b. 許多人說，自冷戰以來，他們從未見過這種國際緊張局勢。

Many say they haven't seen these kinds of international tensions ________________ the Cold War.

5 The U.S. promises to make any attempt to take Taiwan by force a much bigger job for China than it was in Hong Kong.

中國若以武力犯台，美國承諾採取一切行動，比對香港所採取的行動更強烈。

◉翻譯說明重點｜「以武力侵犯……」可以用「to take… by force」表示。

練習 5｜

a. 無論結果如何，美國總統大選都會改變國際局勢。

The U.S. Presidential election ________________ change the international situation, no matter what its outcome.

b. 如果有一件事是肯定的，那就是試圖預測未來幾年事件的任何企圖都會被誤導。

________________ there's one thing for certain, any attempt to predict the events of the next few years will be misguided.

◉練習解答

1. a. more worrisome　b. much greater
2. a. Much of this　b. powerful　c. second most
3. a. has, is greater　b. much freer than
4. a. be wary of　b. since
5. a. wil　b. If

文法教室
文法教學焦點，英文思考系統重整

Comparisons 比較級與最高級

比較級與最高級形式變化

比較級與最高級形式	字型	例字
比較級：字尾加 er **最高級**：字尾加 est	兩個音節以內的形容詞或副詞	● old → old**er** → old**est** ● fast → fast**er** → fast**est**
重複字尾後 **比較級**：加 er **最高級**：加 est	兩音節以內發音結構為 「子音 + 短母音 + 子音」	● big → big**ger** → big**gest**
去掉字尾的 y **比較級**：加 ier **最高級**：加 iest	兩音節以內 字尾組合為「子音 + y」	● easy → eas**ier** → eas**iest**
比較級：字前加 more **最高級**：字前加 most	超過兩個音節的形容詞或副詞	● expensive → **more** expensive → **most** expensive
	結尾是 **ed**、**ing**、**ful**、**less**、**ish**、**ous** ……等「名詞 + 固定字尾」的形容詞	● careful → **more** careful → **most** careful
	加 **er** 較不好唸的形容詞	● boring → more boring → most boring ● modern → more modern → most modern
不規則變化	**good / well**、**bad / badly**、**far**、**many / much**、**little** 等字	● good / well → better → best ● bad / badly → worse → worst ● far → further / farther → furthest / farthest ● many / much → more → most ● little → less → least

● friendly（友善的）字尾改 ier / iest 或前面加 more / most 都可以，friendlier = more friendly，friendliest = most friendly
● further 指抽象事物「更進一步的」，farther 則指具體距離「更遠的」。

比較級與最高級的句型

比較級	兩者互相比較	主詞 + be 動詞 / 一般動詞 + 比較級 + than + 比較對象）	● Rachel **is shorter** (than me.) ● This chair **is more comfortable** (than that one). ● We **work harder** (than them).
最高級	某個範圍內「最⋯的」，牽涉到三者以上的人事物	主詞 + be 動詞 / 一般動詞 + **the** + 最高級形式的形容詞或副詞（＋名詞）（＋範圍）	● Tom **is the smartest** (student) (in his class). ● Maria **dances the best** (of all the performers).

● 表示「兩者中較⋯⋯的那個」時，會在比較級形容詞前加 the。

例 Jane is **the taller** (one) of the two girls over there.

● 表示「比較不⋯⋯」是 less⋯，「最不⋯⋯」是 the least⋯，但只限於原本在比較級或最高級時該用 more / most 的形容詞或副詞，不能用在比較級或最高級時加 er 的短形容詞或副詞（可用意思相反的形容詞或副詞取代）。

例 These shoes are **less expensive** than those. (O)

例 These shoes are **less pretty**. (X)

例 These shoes are the **least comfortable**. (O)

例 These shoes are **the least cheap**. (X)

文法練習
文法教學焦點，英文思考系統重整

請將所給的形容詞詞或副詞改成適當的比較級或最高級形態填入空格：

1. Jerry is the _____ (tall) kid in high school.

2. Doing it by hand will look_____ (better) than with a power tool, but a power tool will work _____ (fast).

3. Los Angeles is _____ (big) than most cities in the U.S., but not _____ (big) than New York.

4. The weather is much _____ (cold) than it was last year at this time.

5. Henry has been saving money _____ (responsible) since he almost lost his job during the pandemic.

6. Saturn is _____ (large) than Earth, but it is _____ (small) than Jupiter.

7. This was the _____ (scary) movie I've ever seen.

8. My car's muffler is broken, so it's the _____ (loud) in the neighborhood.

9. I will seek advice from my _____ (wise) aunt.

10. I think my Master's degree is the _____ (great) accomplishment of my life so far.

◉練習解答

1. tallest　**2.** better, faster　**3.** bigger, bigger　**4.** colder　**5.** more responsibly
6. larger, smaller　**7.** scariest　**8.** loudest　**9.** wisest　**10.** greatest

家長拿孩子和其他人做比較

◉ 文法焦點
比較級的其他句型

 焦點文法搶先看
焦點文法與本單元主題的關係

上一個單元介紹了比較級和最高級的句型，這個單元我們要為大家補充比較級的其他實用句型。

包括：

(1) 原級的比較：**as + 原級形容詞／副詞 + as**

例 as big as, as quietly as

(2) 「愈來愈……」：**比較級形容詞 + and + 比較級形容詞**

例 bigger and bigger

(3) 「愈……就愈……」：**the + 比較級形容詞／副詞 A……, the + 比較級形容詞／副詞 B……**

例 The harder it rained, the faster we ran.

主題參考單字／片語
Vocabulary & Phrases

- **unfortunately** (adv.) 很遺憾的、很可惜的
- **be concerned with** 關心、掛念
- **development** (n.) 成長
- **judge** (v.) 評斷

- **individual** (n.) 個體、與眾不同的人
- **furthermore** (adv.) 此外、而且
- **critical** (adj.) 嚴苛的、愛挑剔的

翻譯大挑戰
試翻譯下面的句子

1. 很遺憾的是，有些父母喜歡拿自己的孩子與其他孩子比較。

2. 關心孩子的發展是很自然的，但與其他孩子放在一起評比是不公平的。

3. 越來越多的證據顯示，孩子們都是以自己的方式成長的個體。

4. 越是拿其他孩子與自己的孩子比較和評價，我們越容易忽略孩子的特質。

5. 此外，別人家的孩子可能也有自己的問題，這些問題是不為外人所知的，所以不要對自己的孩子太嚴苛才是明智之舉。

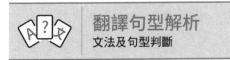

翻譯句型解析
文法及句型判斷

1 Unfortunately, some parents tend to compare their own children to the children of others.

很遺憾的是，有些父母喜歡拿自己的孩子與其他孩子比較。

●**翻譯說明重點**｜「拿 A 和 B 相比」可以用 compare A to B，A 和 B 必須對稱。這裡的 A 是 their own children，B 是 the children of others。

● 這裡的「喜歡」其實不是字面上的意思，而是「有……傾向」，可以用 tend to...。

練習 1 ｜

a. 最好不要將自己與其他更富有的人做比較，而是專注於自己的生活。
It is best not to ＿＿＿＿＿＿＿＿ who are wealthier than you and instead concentrate on your own life.

a. 當我們過於關注他人時，我們往往會錯過自己的優點。
When we focus too much on others, we ＿＿＿＿＿＿＿＿ miss the good things about ourselves.

---

2 As natural as it is to be concerned with your children's development, it may be unfair to judge them against other children.

關心孩子的發展是很自然的，但與其他孩子放在一起評比是不公平的。

●**翻譯說明重點**｜「像…一樣的」為 as... as...，以本句要表達的 natural 來說，就是把這個形容詞放在兩個 as 的中間。第二個 as 後面後的就是被比較的對象。

● 後面的主要子句用虛主詞 it 代替真正的主詞，「judging them against other children」有點長，以虛主詞 it 代替比較簡短也方便閱讀。

練習 2

a. 引導孩子成長十分重要，但讓他們成為獨立的個體也很重要。

_____ it is to guide your children as they grow, it is also important to let them be individuals.

b. 儘管有時很難做到，但我們應該接受人們的本質。

We should accept people for who they are, _____ that may sometimes be to do.

c. 儘管孩子們需要紀律，他們也需要有自己的空間。

_____ children need discipline, they also need room to be themselves.

3 **The evidence indicating that kids are individuals who all grow in their own way is stronger and stronger.**

越來越多的證據顯示，孩子們都是以自己的方式成長的個體。

◉ **翻譯說明重點**｜這裡的「年紀愈來愈大」，就要用重複的比較級形容詞來表達。「年紀大」也就是「變老」grow old，所以「年紀愈來愈大」就是 grow older and older。

● 注意有些形容詞是用 more 的，比如「愈來愈貴」就要說 more and more expensive。

練習 3

a. 隨著年齡的增長，有時我們會後悔自己對待他人的方式。

We sometimes regret how we have treated others as we _____.

b. 如果你追求自己的興趣，就會發現自己會的技能越來越多。

If you pursue your interests, you will see range of skills _____.

4 The more we rate our kids compared to others, the more we may lose sight of their unique qualities.

越是拿其他孩子與自己的孩子比較和評價，我們越容易忽略孩子的特質。

●**翻譯說明重點**│表達「愈是……，就愈……」，句型是：「The more + A 子句，the more + B 子句」。

● 以本句為例，A 子句是 we rate our kids compared to others，而 B 子句是 we may lose sight of their unique qualities。

● 「忽略…、看不見」是「lose sight of + 名詞 / 子句」。

練習 4 │

a. 我們給他人越多發展空間，與他人的關係將得到更多回報。

_____ we give others the opportunity to be themselves,

_____ rewarding our relationships with them will be.

b. 我們越發揮自己的才能，我們就越能夠啟發他人。

The more we _____, the more we will _____.

---

5 Furthermore, other people's children probably have their own problems that are hidden from the public, so it's wise not to be too critical of our own.

此外，別人家的孩子可能也有自己的問題，這些問題是不為外人所知的，所以不要對自己的孩子太嚴苛才是明智之舉。

●**翻譯說明重點**│「不為…所知」可以說 are hidden from，也可以說 unknown to the public。hidden from 後面接「一般民眾」，可以說 the public。

● 「嚴苛」可以用 be critical of + 名詞，名詞部分，由於前面提過 other people's children，這裡要說「自己的孩子」便不用重複 children，直接說 our own 就可以了。

練習 5

a. 重要的是，如果您想留住員工，請不要對他們太嚴苛。

It's important _____ your employees if you want to keep them.

b. 喬許要求你對他更誠實。

Josh has requested that you be _____ him.

◉練習解答

1. a. compare yourself to others   **b.** tend to

2. a. As important as   **b.** as difficult as   **c.** As much as

3. a. grow older and older   **b.** grow wider and wider

4. a. The more, the more   **b.** develop our own talents, inspire others

5. a. not to be too critical of   **b.** more honest with

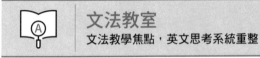

文法教室
文法教學焦點，英文思考系統重整

Comparisons 比較級與最高級

A. 原級的比較： as + 形容詞 / 副詞 + as …「像……地……」

先把句子裡的形容詞或副詞挑出來，放在兩個 as 的中間，並將被比較的對象放在第二個 as 之後。

比如在「我跑得沒有你快」這個句子裡，就要把「快」這個副詞放在兩個 as 的中間，所以是：I don't run **as fast as** you (do).

若是兩個 as 的中間的形容詞是修飾句子中的某個名詞時，則該名詞也要一併放在兩個 as 的中間，接在修飾它的形容詞後面。

像「我的錢沒有你多」這種句子，兩個 as 的中間除了放形容詞「多」以外，也要放入名詞「錢」，變成：I don't have **as much money as** you (do).

要是句子更複雜時，只要記得：第二個 as 後面只接被比較的對象，其他和夾在兩個 as 中間的名詞有關的片語，都要放在兩個 as 的中間。

例 Gary doesn't spend **as much time** with his family **as** he should.
蓋瑞應該花更多時間陪伴家人。

B. 「愈來愈……」：比較級形容詞 + and + 比較級形容詞

將同一個形容詞的比較級用兩次，中間以 and 連接，就是「愈來愈……」的意思
The mole on her chin has gotten **bigger and bigger.** 她下巴那顆黑痣愈來愈大了。

碰到用 more 形成比較級的字時，則用 more and more + 形容詞，比如 more and more expensive。

例 My brother became **more and more outgoing** after he met Cindy.
我哥哥認識辛蒂後就愈來愈外向了。

C. 「愈……就愈……」： **The + 比較級 A + 主詞 + 動詞……，the + 比較級 B + 主詞 + 動詞……**

這個句型兩邊的主詞可以一樣，也可以不同。關鍵是先找出兩邊所要用的比較級形容詞或副詞為何，把它們放在子句開頭的 the 後面，再接子句裡的主詞和動詞。

He works harder. （A） He makes more money. （B）	The harder he works, the more money he makes. （A）　　（B） 他愈努力工作，錢就賺得愈多。
此句型中的動詞若為 be 動詞，則被可省略 The pressure is greater. （A） They work more efficiently. （B）	The greater the pressure (is), the more efficiently （A）　　（B） they work. 壓力愈大，他們工作就做得愈有效率。

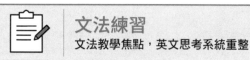

文法練習
文法教學焦點，英文思考系統重整

請用 **as... as...** 的句型改寫下列句子：

1. Victor reminded me of a mouse, because he was so quiet.

   Victor _____ .

2. The parade balloon was around the size of an average house.

   The _____ .

3. When I knocked over the statue, the sound of its impact seemed to be similar in volume to an explosion.

   When _____

   _____ .

請將底線的字改成「愈來愈……」的句型：

4. During this season, the weather gets increasingly cold.

   During this season, the weather gets _____ .

5. As time goes by, the tree in the front yard gets continually taller.

   As time goes by, the tree in the front yard gets _____ .

6. She continually releases hit pop songs, so her audience keeps getting bigger.

   She continually releases hit pop songs, so her audience keeps

   _____ .

請將每題的兩個句子用「愈……就愈……」的句型合併：

7. It got darker. We became more lost.

   _____ .

8. He tries harder to fix the washing machine. He only breaks it further.

   _____ .

9. Brian job becomes harder. He stays at work later.

   _____ .

10. We have increasingly dry weather. I am required to water my garden increasingly often.

   _____ .

NOTE

中翻英
連貫式短文
綜合練習 1

◉ **文法焦點**
時態、文體總複習

Aa | ## 主題參考單字／片語
Vocabulary & Phrases

- **technology** (n.) 科技
- **mobile device** 行動裝置
- **app** (n.) 應用程式（為 **application** 的簡稱）
- **transmit** (v.) 傳送
- **checkout** (n.) 結帳櫃台
- **convey** (n.) 傳送、傳達

- **near field technologies**
  近距離無線通訊
- **secure** (adj.) 安全的
- **thumbprint** (n.) 拇指指紋
- **scan** (n.) 掃描
- **transaction** (n.) 交易
- **mobile pay** 行動支付

翻譯大挑戰
試翻譯下面的句子

1. 隨著新科技讓行動裝置付款變得容易和安全，攜帶現金可能很快就成為過去式。

2. 以手機使用適當的應用程式，便可將信用卡資訊傳到商店的結帳設備。

3. 你的資訊會透過「近距離無線通訊」傳送，這非常安全。

4. 為提高安全性，手機也可要求指紋或臉部掃描才能完成交易。

5. 行動支付已在亞洲廣泛使用，也迅速在美國流行起來。

答案請見 p. 187

中翻英
連貫式短文
綜合練習 2

◉ 文法焦點
時態、文體總複習

Aa	主題參考單字／片語
	Vocabulary & Phrases

● **Ed Sheeran** (n.) 艾德希蘭
  （又稱為「紅髮艾德」）
● **singer-songwriter** (n.) 創作型歌手
● **album** (n.) 專輯
● **attain** (v.)（經過努力）獲得

● **fame** (n.) 名聲
● **recall** (n.) 回想起
● **destined for** 命中註定⋯
● **stutter** (v.) 口吃
● **express** (v.) 表達

翻譯大挑戰
試翻譯下面的句子

1. 創作歌手艾德希蘭 (Ed Sheeran) 在 20 多歲時發行 2017 年全球最暢銷專輯。

---

2. 希蘭在舉世聞名前，童年時在英國西約克夏郡 (West Yorkshire) 哈利法克斯 (Halifax) 學唱歌和彈吉他。

---

3. 這段時間認識他的人事後回想起來，都知道他註定會成功。

---

4. 希蘭小時候會口吃，但他發現唱歌能幫助他說話更清楚。

---

5. 多年來在頻繁的巡迴演出中，希蘭表示他想專心過家庭生活，並於 2020 年宣布妻子生了一個女嬰。

答案請見 p. 187

UNIT 16

增添句子的流暢度

◉ 文法焦點
名詞子句

焦點文法搶先看
焦點文法與本單元主題的關係

所謂「名詞子句」，顧名思義就是把一個句子當作名詞，在另一個句子裡使用。名詞子句通常是用 **that**、疑問詞（**what**、**who**、**where**、**when**、**how**、**why**、**which**、**whose**）或 **if**、**weather** 等帶出的句子；這個句子有時在另一個句子裡當受詞，有時當主詞。

文法句型判讀
請找出下列五個句子中的名詞子句並畫線，
同時判斷它們在句子裡是當作主詞或受詞

主詞 受詞 1. The manager didn't explain why he had to fire Susan.

主詞 受詞 2. We can't believe that Joe won first place in the contest.

主詞 受詞 3. Whether the bank approves our loan application or not won't affect our   decision.

主詞 受詞 4. I wonder if Tim got my text message.

主詞 受詞 5. Who invented the device is not the real issue here.

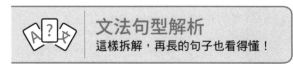

文法句型解析
這樣拆解，再長的句子也看得懂！

1. The manager didn't explain why he had to fire Susan.

主詞　　　　　動詞　　　　　名詞子句

(主詞) (受詞) 此句中的名詞子句是由疑問詞 why 帶出的這個句子。這個句子接在動詞 explain 之後，當作受詞用。

2. We can't believe that Joe won first place in the contest.

主詞　　動詞　　　　　　名詞子句

(主詞) (受詞) 此句中的名詞子句是由 that 帶出的這個句子。這個句子接在動詞 believe 之後，當作受詞用。

3. Whether the bank approves our loan application or not won't affect our decision.

名詞子句　　　　　　　　　　動詞　　　受詞

(主詞) (受詞) 此句中的名詞子句是由 whether（是否）帶出的這個句子。這個句子在句首的位置，後面是動詞和受詞，所以可判斷為主詞用。

4. I wonder if Tim got my text message.

主詞 動詞　　　名詞子句

(主詞) (受詞) 此句中的名詞子句是由 if 帶出的這個句子。這個句子接在動詞 wonder 之後，當作受詞用。

5. Who invented the device is not the real issue here.

名詞子句　　　動詞　　主詞補語

(主詞) (受詞) 此句中的名詞子句是由疑問詞 who 帶出的這個句子。這個子句在句首的位置，當作主詞用。

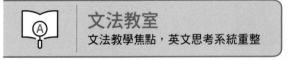

名詞子句是怎麼形成的？

Yes / No 疑問句變為名詞子句

● 當一個疑問句被放進另一個句子裡，變成主詞、受詞或補語時，由於它已不再是獨立的疑問句，因此不能再用疑問句的結構（be / 助動詞＋主詞），而要改用一般句子的結構，先主詞再動詞。

● 由 Yes / No 疑問句變成的名詞子句，可以在句尾加上 or not 兩字，也可把 or not 放在 whether 之後，但不能放在 if 之後。

● 由 Yes / No 疑問句變成的名詞子句若當主詞時，只能用 whether 而不能用 if。

例 Do you know? **Is** Marian coming to the party?

  → Do you know if/whether Marian is coming to the party?

    主要子句（疑問句）　　　　　　名詞子句

  = Do you know if/whether Marian is coming to the party or not?

  = Do you know whether or not Marian is coming to the party?

● Yes / No 疑問句的句型：be 動詞 / 助動詞＋主詞＋……

  → 變成名詞子句：先用 if 或 whether 來表示「是否」，後面接「主詞＋be 動詞＋……」，或「主詞＋還原的正確時態一般動詞＋……」。

● 句尾的標點符號，要以主要子句是疑問句或直述句而定，和名詞子句無關。

例 I don't care. Does John have a lot of money?

           現在式一般動詞

  → I don't care if/whether John has a lot of money.

    主要子句（否定句）　　　名詞子句

例 No one knows. Did the meeting go well?
　　　　　　　　　　　過去簡單式動詞

→ No one knows if/whether the meeting went well.
　　　主要子句　　　　　　　　名詞子句

練習 1 | 請將括號內的 Yes / No 疑問句改為名詞子句填入

a. 有沒有人知道員工會議是不是在三點？

Does anyone know _____?

(Is the staff meeting at three o'clock?)

b. 能否請你告訴我五點的火車是不是由這個月台出發？

Can you tell me _____?

(Does the five o'clock train leave from this platform?)

c. 她是被開除還是自己離職，實在都不是我該管的事情。

_____ is really none of my business.

(Did she get fired or quit?)

疑問詞為首的問句變為名詞子句

以疑問詞為首的問句句型：疑問詞 + be 動詞 / 助動詞 + 主詞 + ……

→ 變成名詞子句：

1. 疑問詞 + 主詞 + be 動詞 + ……

2. 疑問詞 + 主詞 + 還原的正確時態一般動詞 + ……

例 Do you know? Why isn't Jack at work today?

　　→ Do you know why Jack isn't at work today?

例 I have no idea. Who just called?

　　→ I have no idea who just called.

例 Could you tell me? When did David leave?

　　→ Could you tell me when David left?

練習 2 | 請將括號內以疑問詞為首的疑問句改為名詞子句填入

a. 我們無法決定哪個顏色比較適合辦公室。

We can't decide _____.
(Which color is better for the office?)

b. 他過去從事過什麼應該被列為考量。

_____ should be taken into
consideration. (What did he do in the past?)

c. 沒人看到那個小女孩去哪了。

No one saw _____.
(Where did the little girl go?)

省略規則

名詞子句原本可能是個疑問句或直述句（肯定句、否定句）而非疑問句的句子，要變成名詞子句時，只要在前面加上 that 即可。若 that 前面為動詞時，that 通常可以省略。不過若是 that 所接的名詞子句為主詞時，that 就不可以省略了。

例 He didn't tell me. He didn't go to the party.

→ He didn't tell me (that) he didn't go to the party.

I can't believe it. Tina was a cheerleader in high school.

→ I can't believe (that) Tina was a cheerleader in high school.

The world is going to end in 2012. It is a myth.

→ **That** the world is going to end in 2012 is a myth.

名詞子句當主詞，that 不可省略

練習 3 | 請將括號內的句子改為名詞子句填入

a. 我不覺得他們會還錢給我們。

I don't think _____.

(They're going to pay us back.)

b. 他從沒交通違規過並不足以當作任何事情證明。

_____ doesn't prove anything.

(He's never violated any traffic regulations.)

名詞子句的用途

名詞子句就是被用來當作名詞的句子

在一般的句子中，我們會在 know、explain 等動詞後面加一個名詞當作受詞：

I don't know **his name**. He can't explain **the problem**.

或是用一個名詞當作主詞：

The story is interesting. **This article** doesn't make sense.

但當我們用一個句子來放在主詞或受詞的位置時，這個句子就成了名詞子句：因為名詞通常位於主詞或受詞的位置。

I don't know where he lives. What he told me doesn't make sense.

有的時候一個名詞子句也可能是補語：

What he's saying is (that) he doesn't want to help us.

名詞子句當主詞　　動詞　　　名詞子句當名詞補語

名詞子句的省略寫法

省略規則

當名詞子句裡的主詞和主要子句的主詞或受詞一樣，其中含「疑問詞 + 主詞 + should 或 can / could + 原形動詞」時，就可把主詞和助動詞省略，變成「疑問詞 + to V」的縮略寫法。

不過由 Yes / No 疑問句變成的名詞子句則不能這樣變化。

例 Could you tell me how **I** **(can)** get to the train station?

　 = Can you tell **me** how to get to the train station?

→主詞和主要子句的主詞或受詞一樣，主詞和助動詞省略

例 I'm not sure <u>what I should do</u>.

= I'm not sure <u>what to do</u>.

練習 4 | 請將每個句子裡的名詞子句改成省略寫法

a. 請告知我們何時可入住。

Please let us know when we can move in.

= Please let us know _____.

b. 教導你們如何做好工作並不是我的責任。

It isn't my responsibility to teach you how you should do your job.

= It isn't my responsibility to teach you _____.

讓句子
更有深度

◉ 文法焦點
形容詞子句 Part 1

 焦點文法
本單元主題會運用到的文法

形容詞子句是指用一個子句來補充、修飾主要子句中的某個名詞。形容詞子句通常放在要修飾的名詞後面，且和該名詞中間會有一個關係代名詞或關係副詞，如 who、whom、which、that、when、where 等。**不過，若是形容詞子句要修飾的名詞是形容詞子句中的受詞，則關係代名詞可以被省略。**

和名詞子句不同的是，形容詞子句不會用來當作一個句子中的主詞或受詞。它的功能是用來補充或說明主要子句中的一個名詞。

 文法句型判讀
請找出下列五個句子中的名詞子句並畫線，
同時判斷它們在句子裡是當作主詞或受詞

下列五個句子分別含有名詞子句和形容詞子句，請把它們找出並畫線，
然後圈選出它們是名詞子句或形容詞子句：

名詞子句 形容詞子句 **1. I don't know who took your money.**

名詞子句 形容詞子句 **2. I don't know the person who took your money.**

名詞子句 形容詞子句 **3. Who took your money is not my concern.**

名詞子句 形容詞子句 **4. The person who took your money is over there.**

名詞子句 形容詞子句 **5. Do you know the man the police just arrested?**

 文法句型解析
這樣拆解，再長的句子也看得懂！

1. I don't know who took your money.

　　　　主要子句　　　　　　名詞子句

名詞子句 形容詞子句 子句 who took your money 是當動詞 know 的受詞，所以是名詞子句。

2. I don't know the person who took your money.

　　　　　主要子句　　　　　　　　形容詞子句

名詞子句 形容詞子句 子句 who took your money 是用來說明前面的 the person 到底是何人，因此為形容詞子句。

3. Who took your money is not my concern.

　　主詞 = 名詞 / 名詞子句　動詞

名詞子句 形容詞子句 who took your money 這個子句出現在句首當作主詞用，而主詞一定是名詞，因此這個子句是名詞子句。

4. The person who took your money is over there.

　　　主詞　　　　　形容詞子句　　　動詞

名詞子句 形容詞子句 who took your money 這個子句出現在 the person 後面，用來說明這個 person 到底是何人，因此為形容詞子句。

5. Do you know the man the police just arrested?

　　　　主要子句　　　　　　　　形容詞子句

名詞子句 形容詞子句 the police just arrested 這個子句是用來說明前面的 man 為何人，這個 man 是形容詞子句動詞 arrested（逮捕）的受詞，所以原本該放在 the police 前面的關係代名詞 whom (=who) 可以省略。

文法教室
文法教學焦點，英文思考系統重整

形容詞子句的用途

● 如前「文法焦點」所述，形容詞子句是用來補充說明句子中的某個名詞。

例 I don't know the woman. 句意不清，會讓聽者或讀者不知道是哪個女人。

I don't know the woman who is talking to Tom. 用 who is talking to Tom 這個形容詞子句說明是哪個女人。

形容詞子句的重要橋樑：關係代名詞與副詞

● 形容詞子句修飾的名詞，文法上叫「先行詞」。在這個名詞（先行詞）和後面的形容詞子句之間，必須要有一個關係代名詞或關係副詞作為連接的橋樑。**要注意的是，形容詞子句必須也要是一個完整的句子，有屬於自己的主詞和動詞。**

先行詞與其對應的關係代名詞

先行詞	關係代名詞是形容詞子句的		
	主格	受格	所有格
人	who / that	whom / who / that / （省略）	whose
物	which / that	which / that /（省略）	whose

● 當先行詞是「人」，而且這個人在形容詞子句中是主詞時，原則上關係代名詞 who 或 that 都可以用，但一般情形下，**比較習慣用 who**，較少用 that 來代替主詞為「人」的先行詞。

● 當先行詞是「人」，而且這個人在形容詞子句中是受詞時，原則上要用關係代名詞 whom，但比較常用 who 或 that 取代，甚至可以省略。

先行詞　關代主詞
例 Mr. Peterson has a **friend who / that** is a successful lawyer.
常見

例 Mr. Peterson has a **friend** <u>whom / who / that</u> /（省略）he met at a conference in Norway.

先行詞　　　　　　關代主詞

最正式　　　最常見

● 當先行詞是「物」，不論此物在形容詞子句中是主詞還是受詞，關係代名詞都可用 which 或 that。但一般情形下，先行詞是主詞時比較習慣用 that 來當關係代名詞。

● 小撇步：當形容詞子句的主詞與先行詞所指的物不同時，關係代名詞可以省略。

先行詞

例 Did you see **the money** <u>that / which</u> was on the table?

常見　少見

先行詞

例 I can't find the **book** (that) Linda lent me last week.

關係代名詞（常省略）指前面的 book，在子句中為 lent 的受詞

● which 也可以用來指前面的整件事，但此時 which 前必須有逗點，且不能用 that 取代。

例 He was always late, **which** is why he got fired.

指 he was always late 這件事

● 若先行詞是一個人，而形容詞子句裡的主詞是物，且該物屬於先行詞的那人時，則用代表所有格的 whose 來連接。

例 **The man whose car was stolen** is talking to the police.
     <u>主詞</u>   <u>形容詞子句</u>   <u>動詞</u>

當先行詞是一個時間或地點時，則用關係副詞 when 或 where 來帶出形容詞子句。**關係副詞可以用「介系詞 + which」來取代，但此時的 which 就不可換成 that，也不能省略。至於到底用哪個介系詞，要看先行詞為何而定。**

例 I still remember **the day** **when my daughter was born**.
     <u>先行詞</u>   <u>形容詞子句</u>

= I still remember **the day** <u>on which</u> my daughter was born.

例 **The restaurant** where I had my last birthday party has moved to a different location.
     <u>形容詞子句</u>

= **The restaurant** (at) which I had my last birthday party has moved to a different location.

請填入正確的關係代名詞或關係副詞，兩個以上時用斜線隔開，若可以省略則加上括號。

1. I hate people _____ talk on their cell phones during a movie.

2. Tracy lost the necklace _____ her husband gave her for her last birthday.

3. Patricia didn't get the job, _____ really surprised her friends.

4. 1985 was the year _____ Tom's father died.

5. The woman _____ Tom is talking to is the new manager.

6. Do you remember the shop _____ we bought this computer?

7. Michelle's new haircut, _____ she got at the salon, makes her look younger.

8. The movie _____ they are talking about is called The Shining.

9. They don't have any children, _____ allows them to spend more time with each other.

10. I don't know the doctor _____ office is by the elevator.

● 練習解答

1. who（常用）/that   **2.** (that/which)   **3.** which   **4.** when/in which
5. (who/whom/that)   **6.** where/at which   **7.** which
8. (that/which)   **9.** which   **10.** whose

讓句子
更有邏輯

◉ 文法焦點
形容詞子句 Part 2

焦點文法
本單元主題會運用到的文法

上一個單元我們介紹了形容詞子句的功能、和名詞子句的差別，及各種關係代名詞的用法。
現在我們要教大家如何把相關的兩句話用形容詞子句合併。

文法句型判讀
請找出下列五個句子中的名詞子句並畫線，
同時判斷它們在句子裡是當作主詞或受詞

下列五題都是由兩個句子組成，每組句子都有關聯，請把相關的人或物找出並畫線，然後
判斷這個人或物在第二句話中是主詞還是受詞：

主詞 受詞 **1. I don't know who took your money.**

主詞 受詞 **2. I don't know the person who took your money.**

主詞 受詞 **3. Who took your money is not my concern.**

主詞 受詞 **4. The person who took your money is over there.**

主詞 受詞 **5. Do you know the man the police just arrested?**

文法句型解析
這樣拆解，再長的句子也看得懂！

這樣拆解，再長的句子也看得懂！

1. **The professor is over there. You should talk to the professor.**

(主詞)(受詞) 這兩句話裡都有提到的是這個 professor，而它在第二句中是 talk to 的受詞。

2. **Did anyone see the car? It was parked in front of the store.**

(主詞)(受詞) 第一句中的 the car 也就是第二句中的 it，而 it 在第二句中是主詞。

3. **We loved the cake. You made it for Jim's birthday party.**

(主詞)(受詞) 第一句中的 the cake 也就是第二句中的 it，而 it 在第二句中是 made 的受詞。

4. **Are you talking about the woman? She lives upstairs.**

(主詞)(受詞) 第一句中的 the woman 也就是第二句中的 she，而 she 在第二句中是主詞。

5. **This is the book. You promised to lend it to me.**

(主詞)(受詞) 第一句中的 the book 也就是第二句中的 it，而 it 在第二句中是 lend 的受詞。

如何將兩個相關的句子用形容詞子句合併？

●合併句子的前提是兩個句子必須有共同提到某個人或物。

例 Do you know **the woman**?

　　She is talking to your brother.

第二句裡的 she 指的就是第一句裡的 the woman，因此可以用形容詞子句合併這兩個句子。合併步驟如下：

步驟 1 ｜ 找出兩個句子裡都有提到的人或物，將第一句話寫到該人或物為止。

例 Do you know **the woman**? **She** is talking to your brother.

　　→ Do you know the woman...

步驟 2 ｜ 將第二個句子中的那個人或物用適當的關係代名詞取代，接在步驟 1 未完成的句子後面。最後的標點符號要視最前面的第一個句子而定。

例 Do you know the woman? She is talking to your brother.

　　→ Do you know the woman who is talking to your brother?

　　　　　　　　　　　關代

步驟 3 ｜ 第一個句子若在步驟 1 之後還有剩下的部份，則接在第二句寫完之後。

上述步驟 3 以這兩個句子為例會比較清楚：

例 The book is very interesting.

I bought it last week.

步驟 1｜找出兩個句子裡都有提到的人或物後，將第一句話寫到該人或物為止

→ 在這兩句中，都有提到的是 the book 和 it，因此第一句在寫完 The book 之後就要接形容詞子句了。

The book (由第二句形成的形容詞子句) **is very interesting**.

步驟 2｜book 是「物」，且在第二句中是 it，也就是 bought 的受詞，所以形容詞子句用的關係代名詞是 that，但也可省略。

The book **(that) I bought last week** is very interesting.
　　主詞　　　　形容詞子句　　　本句真正動詞

若是兩個句子的共同點是一個人和此人擁有的某物時，則將第一個句子寫到此人為止，後面接 **whose + 物**，然後接第二句剩下的部份當作形容詞子句，最後再把第一句剩下的部份補回來。

例 The man is over there. His dog bit me the other day.

　→ The man **whose dog bit me the other day** is over there.
　　　　　　　　　　　　形容詞子句

● 當兩個句子的共同點是時間或地點，就要把第二句中的時間或地點換成關係副詞 **when** 或 **where**。

● 當作關係副詞的 **when** 或 **where** 也可用「介系詞 + which」取代（此時 **which** 不能換成 **that**）。至於介系詞要用哪一個，則視這裡指的時間或地點而定。

● 另外，也可以把這個介系詞放在整個形容詞子句句尾，但此時關代則一定要用 that。

例 That is the restaurant.

Brett and his girlfriend had their first date there.

　→ **This** is the restaurant **where** Brett and his girlfriend had their first date.

　= **This** is the restaurant **in which** Brett and his girlfriend had their first date.

　= **This** is the restaurant **that** Brett and his girlfriend had their first date **in**.

請將下列各組句子用形容詞子句合併。

1. The professor is over there.

   You should talk to the professor.

   _____

2. Did anyone see the car?

   It was parked in front of the store.

   _____

3. We loved the cake.

   You made it for Jim's birthday party.

   _____

4. Are you talking about the woman?

   She lives upstairs.

   _____

5. This is the book.

   You promised to lend it to me.

   _____

6. The girl is our new classmate.

   I found her cell phone.

   _____

7. This is the building.
   My father works there.

   _____

8. 2005 was the year.
   Ray's grandfather passed away in that year.

   _____

◉練習解答

1. The professor (whom/who/that) you should talk to is over there.

2. Did anyone see the car (that) was parked in front of the store?

3. We loved the cake (that) you made for Jim's birthday party.

4. Are you talking about the woman who/that lives upstairs?

5. This is the book (that) you promised to lend me.

6. The girl whose cell phone I found is our new classmate.

7. This is the building where/in which my father works. / This is the building that my father works in.

8. 2005 was the year when/in which Ray's grandfather passed away. / 2005 was the year that Ray's grandfather passed away in.

主題
翻譯　UNIT 19

讓句子更簡潔

◉ 文法焦點
形容詞子句 Part 3

焦點文法
本單元主題會運用到的文法

上一個單元我們介紹了如何把相關的兩句話用形容詞子句合併。現在我們要教大家如何把形容詞子句簡化為形容詞片語。

文法句型判讀
請找出下列五個句子中的名詞子句並畫線，
同時判斷它們在句子裡是當作主詞或受詞

請找出下列句子中真正的主詞和動詞，並判斷修飾主詞的是子句（有完整的主詞和動詞）或片語。

子句 片語 **1.** The woman sitting next to me at the party was Tom's mother.

子句 片語 **2.** Taipei 101, located near Taipei City Hall, is the tallest building in
Taiwan.

子句 片語 **3.** The person who is responsible for the payroll works on the fifth floor.

子句 片語 **4.** The bank robber that the police arrested is just a teenager.

子句 片語 **5.** The only person capable of finishing this difficult task is Tom.

文法句型解析
這樣拆解，再長的句子也看得懂！

這樣拆解，再長的句子也看得懂！

1. The woman sitting next to me at the party was Tom's mother.

主詞　　　　　　修飾主詞的片語　　　　動詞

子句 片語 主詞是 the woman，動詞是後面的 was，而 sitting next to me at the party 由於少了屬於自己的主詞，且 sitting 不是完整的進行式用法，因此是個片語。

2. Taipei 101, located near Taipei City Hall, is the tallest building in Taiwan.

主詞　　　　　　修飾主詞的片語　　動詞

子句 片語 主詞是 Taipei 101，動詞是後面的 is，而 located near Taipei City Hall 並沒有屬於自己的主詞，且 located 也不是完整的完成式或被動語態用法，因此也是片語。

3. The person who is responsible for the payroll works on the fifth floor.

主詞　　　關代　　修飾主詞的子句　　　動詞

子句 片語 主詞是 the person，動詞是後面的 works，而 who is responsible for the payroll 是以 who 這個關係代名詞作為主詞，且後面有動詞 is，是完整的子句。主詞受詞

4. The bank robber that the police arrested is just a teenager.

主詞　　　關代　修飾主詞的子句　　動詞

子句 片語 主詞是 the bank robber，動詞是後面的 is，而 that the police arrested 是以 that 這個關係代名詞作為子句裡 arrested 的受詞，功能是用來連接主詞不同的主要子句和形容詞子句。that 後面的子句有自己的主詞 the police，且後面有動詞 arrested，是完整的子句。

5. The only person capable of finishing this difficult task is Tom.

主詞　　　　　修飾主詞的片語　　　　動詞

子句 片語 主詞是 the only person，動詞是後面的 is，而 capable of finishing this difficult task 完全找不到主詞或正確時態的動詞，因此是個片語。

如何將形容詞子句簡化為形容詞片語？

首先，並不是所有的形容詞子句都能被簡化為片語。以下情形裡，形容詞子句就不能簡化為片語：

1. 子句裡的主詞不是該子句要修飾的對象時，就無法簡化。

例 Do you know **the woman** (that) **your brother** is talking to?

　　→ 子句裡的主詞是 your brother，和 that 所指的 the woman 是不同的人，不能簡化。

2. 若子句用的是助動詞 will、can、should、must⋯⋯等，也無法簡化。

例 He isn't the one who **should** complain about his job. → 不能簡化

3. 主要子句的時態和形容詞子句所指的時間不同，且會造成意義不明確時，也不能簡化。

例 The money that **was** on the table **belongs** to Peter.

　　→ 若簡化（把 that was 省略）會看不出指的是「之前」在桌上的錢，而會令人以為是現在放在桌上的錢，所以不能簡化。

將形容詞子句簡化為形容詞片語，首先要去掉關係代名詞，然後依照下列不同狀況改寫句子：

1. 關係代名詞後面若是 be 動詞，也要去掉。然後將剩下的部份接在要修飾的名詞後面。

例 Do you know the woman **who is** talking to your brother?

　　→ Do you know the woman **talking to your brother**?

例 The flowers **that are** on the table are for you.

　　→ The flowers **on the table** are for you.

例 Yo-Yo Ma, **who is** a world-famous cellist, was born in Paris.

　　→ Yo-Yo Ma, **a world-famous cellist**, was born in Paris.（此省略方式又稱同位語）

2. 關係代名詞後面若是一般動詞，且和關係代名詞為主動語態，則將動詞改為 **Ving**，接在要修飾的名詞後面；若為被動語態，則去掉被動語態中的 **be** 動詞後，將剩下的過去分詞 **(p.p.)** 接在要修飾的名詞後面。

例 The swimmer **who holds** the world record is from Canada.

→ The swimmer **holding** the world record is from Canada.

例 The woman **who was killed** in the accident was a single mother with two children.

→ The woman **killed** in the accident was a single mother with two children.

3. 若形容詞子句用的是過去式的一般動詞，但主要子句卻不是時，簡化時要將子句中的過去式動詞改為 **having p.p.**，接在要修飾的名詞後面。

例 The artist, **who spent** ten years overseas, **is** going to perform in his home country next

          形容詞子句動詞   主要子句動詞

month.

→ The artist, **having** spent ten years overseas, is going to perform in his home country next month.

4. 若形容詞子句用的是完成式，簡化時要改為 **having p.p.**，接在要修飾的名詞後面。

例 South Korea, **which has been** through several financial crises, now **has** one of the strongest economies in Asia.

→ South Korea, **having been** through several financial crises, now has one of the strongest economies in Asia.

請判斷下列句子中的形容詞子句是否能簡化為形容詞片語。若可以，請將整個句子改寫成含形容詞片語的句子。

1. Did you find the book you were looking for yesterday?

_____

2. Did you see the book that was on the kitchen counter?

_____

3. Sam is the kind of person who would make a good teacher.

_____

4. I was with Sarah, who is a new classmate of mine.

_____

5. Rebecca, who started working here last year, has shown great potential.

_____

6. The book, which took three years to finish, has been a bestseller since its release.

_____

7. I don't like the new secretary who works in the legal department.

_____

8. That is the painting that was sold for five million dollars last week.

_____

◉練習解答

1. 不能改為形容詞片語，因為子句中的主詞為 you 而非指 the book 的 that。

2. Did you see the book on the kitchen counter?

3. 不能改為形容詞片語，因為子句用的是助動詞 would。

4. I was with Sarah, a new classmate of mine.

5. Rebecca, having started working here last year, has shown great potential.

6. The book, having taken three years to finish, has been a bestseller since its release.

7. I don't like the new secretary working in the legal department.

8. That is the painting sold for five million dollars last week.

主題
翻譯

UNIT 20

凸顯句子重點

◉ **文法焦點**
形容詞子句 Part 4

焦點文法
本單元主題會運用到的文法

在上一個單元的內容裡，我們介紹了如何把形容詞子句簡化為形容詞片語。現在我們要教大家何時要在形容詞子句前加逗點，何時又不能加逗點。

文法句型判讀
請找出下列句子中的形容詞子句，畫上底線標示，並判斷這個子句是整個句子裡的必要資訊或補充資訊。

必要資訊 補充資訊 **1.** We visited Taipei 101, which was the tallest building in the world at that time.

必要資訊 補充資訊 **2.** We visited the woman who lost her family in the flood.

必要資訊 補充資訊 **3.** Tina, who lost both of her parents when she was little, is a very independent young woman.

必要資訊 補充資訊 **4.** Have you read the book I told you about last week?

必要資訊 補充資訊 **5.** The book, which was first published in 1995, has had a great impact on teenagers.

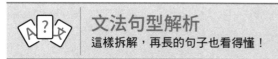

文法句型解析
這樣拆解，再長的句子也看得懂！

1. We visited Taipei 101, which was the tallest building in the world at that time.

必要資訊 補充資訊 本句由 which 開頭的子句為形容詞子句。We visited Taipei 101 是個意思很清楚的句子，至於它當時是否為世界上最高的建築物，對於理解 We visited Taipei 101 這個句子沒有任何影響，所以這個形容詞子句所提供的只是補充資訊。

2. We visited the woman who lost her family in the flood.

必要資訊 補充資訊 本句由 who 開頭的子句為形容詞子句。如果沒有這個子句的話，We visited the woman 就變成是一個令人困惑的句子，因為聽者或讀者會不知道到底是哪個女人，所以這個形容詞子句提供的是必要資訊。

3. Tina, who lost both of her parents when she was little, is a very independent young woman.

必要資訊 補充資訊 本句由 who 開頭的子句為形容詞子句。Tina is a very independent young woman 是個意思很清楚的句子，至於造成 Tina 獨立性格的原因，對於理解 Tina is a very independent young woman 這個句子沒有任何影響，所以這個形容詞子句所提供的只是補充資訊。

4. Have you read the book I told you about last week?

必要資訊 補充資訊 在 book 後面有一個以 I 為主詞的子句，book 既是 Have you read 的受詞，也是 I told you about 句義上的受詞（在 I 前面省略了關係代名詞 that ），(that) I told you about last week 為形容詞子句。如果沒有這個子句的話，Have you read the book 就會變成一個令人困惑的句子，聽者或讀者會不知道到底是哪本書，所以這個形容詞子句提供的是必要資訊。

5. The book, which was first published in 1995, has had a great impact on teenagers.

必要資訊 補充資訊 本句由 which 開頭的子句為形容詞子句。The book has had a great impact on teenagers. 是個意思很清楚的句子，至於此書是何時出版的，對於理解這個句子沒有任何影響，所以這個形容詞子句所提供的只是補充資訊。

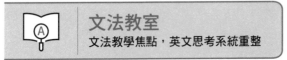
形容詞子句分兩大類：限定子句、非限定子句

限定子句 (restrictive clause) 是前面練習中「不用加逗點」的子句

● 這種子句裡所包含的資訊與它所修飾的名詞有重要的關連性，**為必要資訊**，也就是要用這個子句來講清楚前面那個人或東西到底是什麼，因此叫「限定子句」。

● 這種子句有絕對必要性，因此不必在主要子句後加逗點將其區分開來。我們在前一頁練習裡的第 2、4 題所看到的都是「限定子句」。

● 限定子句修飾的一定都是普通名詞，如 **the woman**、**the book** 等，因為像這樣的名詞若不說清楚，別人不會知道到底是哪一個。

● 限定子句裡的關係代名詞 who 和 whom 可用 that 取代。若是子句最後有介系詞時，也可以把介系詞改放在 who、whom、which 的前面。

例 That is the house **that** Mark Twain was born in.

= That is the house **in which** Mark Twain was born.

非限定子句 (nonrestrictive clause) 是前面練習中「要加逗點」的子句

● 這種子句裡所包含的純粹是補充資訊，對於理解它所修飾的名詞沒有絕對必要性，只是「順道一提」的資訊。

● 「非限定子句」的前面要加逗點，如果主要子句的動詞出現在它後面時，則非限定子句的後面也必須加上逗點，把它和主要子句的動詞隔開。

● 我們在前面練習裡的第 1、3、5 題所看到的都是「非限定子句」。非限定子句修飾的一定都是專有名詞（如人名、地名）或限定的人事物（如 **my sister**、**the U.S. president**、**John's car**），因為像這樣的名詞不需要加以解釋說明，別人就已知道是哪一個。

● **非限定子句裡的關係代名詞 who、whom、which 不可以用 that 取代**，前面也不能有介系詞。

我們把這兩種子句做個簡單的整理：

限定子句	非限定子句
前面沒有逗點	前面有逗點，若在整句話中間，則後面也要有逗點
修飾不明確的普通名詞	修飾明確的專有名詞或限定的人、事、物
關係代名詞 who、whom 可以用 that 取代	關係代名詞 who、whom、which 不可以用 that 取代
關係代名詞 who、whom、which 前面可以放介系詞	關係代名詞 who、whom、which 前面不可以放介系詞
例 Do you know the woman **who's** talking to your mother?	例 My sister, **who is** turning 30 next month, has never had a real job.

●注意：有時一個普通名詞如果在前文已經提及，很明確知道所指為何，就可以接非限定子句。

例 They found **a book** on the table. **The book**, **which** seems very old, is called The Canterbury Tales.

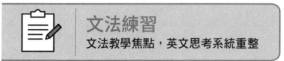
請將下列句子用形容詞子句合併，並視情況加上逗點。

1. William was promoted last week.
   He has only worked here for three months.

   _____

   _____

2. Did you notice the man?
   He was wearing a pink hat.

   _____

   _____

3. Sun Moon Lake is located in central Taiwan.
   It is one of the most popular tourist attractions.

   _____

   _____

4. We haven't had time to visit my aunt.
   She recently lost her husband in an accident.

   _____

   _____

5. When are you going to pay the bills?

   They were due last week.

◉練習解答

1. William, who was promoted last week, has only worked here for three months.

或 William, who has only worked here for three months, was promoted last week.

（由寫作者決定何者為主要想表達的意思）

2. Did you notice the man who was wearing a pink hat?

3. Sun Moon Lake, which is located in central Taiwan, is one of the most popular tourist attractions.

或 Sun Moon Lake, which is one of the most popular tourist attractions, is located in central Taiwan.

4. We haven't had time to visit my aunt, who recently lost her husband in an accident.

5. When are you going to pay the bills that were due last week?

UNIT 21 主題翻譯

讓句子文意
更明確

◉ 文法焦點
副詞子句

焦點文法
本單元主題會運用到的文法

所謂「副詞子句」，顧名思義就是一個句子被當作副詞，用在另一個句子裡。副詞子句是用「從屬連接詞」before、 after、 when、while、 because、although 等帶出的句子；它們的功能是表達時間、原因、條件、比較，用來修飾和補充主要子句。

文法句型判讀
請找出下列五個句子中的名詞子句並畫線，
同時判斷它們在句子裡是當作主詞或受詞

下列五個句子都含有子句，請把它們找出並畫線，然後圈選出它們在句子裡是當作名詞子句、形容詞子句、或副詞子句：

名詞子句 形容詞子句 副詞子句 **1. Felix Hoffman was working for Bayer when he invented aspirin.**

名詞子句 形容詞子句 副詞子句 **2. 1899 was the year when Felix Hoffman invented aspirin.**

名詞子句 形容詞子句 副詞子句 **3. Felix Hoffman invented a drug that has been popular for over a century.**

名詞子句 形容詞子句 副詞子句 **4. I didn't know that Felix Hoffman invented Aspirin.**

名詞子句 形容詞子句 副詞子句 **5. Because aspirin is so effective, it has been the best-selling painkiller in the world for over a century.**

文法句型解析
這樣拆解，再長的句子也看得懂！

1. Felix Hoffman was working for Bayer <u>when he invented aspirin.</u>

名詞子句 形容詞子句 (副詞子句) 這裡的前後兩個子句 Felix Hoffman was working for Bayer 和 he invented aspirin 都是有完整主詞、動詞，且意思也完整而清楚的獨立句子。這裡的 when 只是連接詞，用來點明兩件事在時間上的關聯性，並不是用 when he invented aspirin 來說明前面的 Bayer（形容詞子句的用法），也不是拿整個子句當受詞（名詞子句的用法），所以 when 後面的子句是副詞子句。

2. 1899 was the year <u>when Felix Hoffman invented aspirin.</u>

名詞子句 (形容詞子句) 副詞子句 1899 was the year 這個子句的意思並不完整，會讓人不知 the year 指的是發生什麼事情的那一年。這裡的 when Felix Hoffman invented aspirin 這個子句是用來說明前面的 the year 到底是哪一年，所以是形容詞子句。

3. Felix Hoffman invented a drug <u>that has been popular for over a century.</u>

名詞子句 (形容詞子句) 副詞子句 這裡的 that has been popular for over a century 這個子句的功能是用來說明前面的 a drug 到底是什麼樣的 drug，所以是形容詞子句。

4. I didn't know <u>that Felix Hoffman invented Aspirin.</u>

(名詞子句) 形容詞子句 副詞子句 這裡的 that Felix Hoffman invented Aspirin 這個子句是用來當作前面 know 這個動詞的受詞，所以是名詞子句。

5. <u>Because aspirin is so effective,</u> it has been the best-selling painkiller in the world for over a century.

名詞子句 形容詞子句 (副詞子句) because 是個從屬連接詞，後面的子句是副詞子句，說明了因果關係。

文法教室
文法教學焦點，英文思考系統重整

副詞子句

副詞子句就是接在從屬連接詞後面的子句，用來說明時間、因果關係、邏輯、比較、條件等。
常見的從屬連接詞如下：

時　　間	before, after, when/while/as（當……的時候）、since（自從）、until、once、whenever
因果關係	because/since/as（因為）、 so
邏　　輯	although/though、while（雖然）
比　　較	while/whereas（而……）
條　　件	if、unless（除非）、whether

以下片語的後面也接子句，用來說明時間、因果關係、邏輯、條件等，所以那些子句也是
副詞子句：

時　　間	as soon as、 by the time、 every time、 the first/next/last time
因果關係	now that
邏　　輯	even though
條　　件	only if、 even if、 in case、 in the event that

注意：大部份的副詞子句放句首時，後面必須有逗點，然後再接另一子句。若是副詞子句
放在句子後半部時，則兩個子句中間不加逗點。

例 **When** he called**,** I was sleeping.
= I was sleeping **when** he called.

少數連接詞不適用以上規則，例如 so（所以）和它所接的子句一定要放在句子後半部，而且前面一定要有逗點。while/whereas（而……）所接的子句則即使放在句子後半部時也要在前面加逗點。

例 He never showed up, **so** I left.

例 Jack is hardworking, **while** his sister is a little lazy.
　 = **While** Jack is hardworking, his sister is a little lazy.

請將下列各組的兩個句子用提示的連接詞合併，將副詞子句分別放在句首和句尾，寫出兩種寫法。注意句子的合理性和標點符號的使用。

1. Mr. Sanders started working here. He worked at IBM for eight years. (before)

_____

= _____

2. Pam was very tired. She stayed up to watch the news. (although)

_____

= _____

3. I finish the report. I'll let you know. (as soon as)

_____

= _____

4. We arrived at the airport. The train had already left. (when)

_____

= _____

5. Dog lovers are usually outgoing. Cat lovers are often introspective. (while)

_____

= _____

6. She didn't believe it. She saw it with her own eyes. (until)

_____

= _____

◉練習解答

1. Before Mr. Sanders started working here, he worked at IBM for eight years.

   = Mr. Sanders worked at IBM for eight years before he started working here.

2. Although Pam was very tired, she stayed up to watch the news.

   = Pam stayed up to watch the news although she was very tired.

3. As soon as I finish the report, I'll let you know.

   = I'll let you know as soon as I finish the report.

4. When we arrived at the airport, the train had already left.

   = The train had already left when we arrived at the airport.

5. While dog lovers are usually outgoing, cat lovers are often introspective.

   = Dog lovers are usually outgoing, while cat lovers are often introspective.

6. Until she saw it with her own eyes, she didn't believe it.

   = She didn't believe it until she saw it with her own eyes.

主題
翻譯

UNIT 22

切出句子層次

◉ **文法焦點**
分詞構句 Part 1

焦點文法
本單元主題會運用到的文法

所謂「分詞構句」，是將一個子句的主詞去掉後，再以分詞開頭的簡化句型。
分詞有兩種：現在分詞（**Ving**）和過去分詞（**p.p.**，也就是動詞第三態）。
所以，「分詞構句」的開頭就是 **Ving** 或 **p.p.**。

文法句型判讀
請找出下列五個句子中的名詞子句並畫線，
同時判斷它們在句子裡是當作主詞或受詞

當一個英文句子裡出現兩個以上的動詞時，一定會用：（1）連接詞（2）子句（3）分詞
三者的其中一種方式來處理。請判斷下列五個句子分別是用哪一種方式：

連接詞 子句 分詞 **1. We finally threw away the couch that had been sitting in the garage for years.**

連接詞 子句 分詞 **2. Patrick didn't want to work such long hours, so he decided to quit his job.**

連接詞 子句 分詞 **3. Janet left in a hurry, knowing that she was already late for the meeting.**

連接詞 子句 分詞 **4. The company is doing very well, which is a relief to all the investors.**

連接詞 子句 分詞 **5. Driven by a desire to succeed, he spent most of his time in the office.**

文法句型解析
這樣拆解，再長的句子也看得懂！

1. We finally threw away the couch that had been sitting in the garage for years.

連接詞 (子句) 分詞 在這個句子裡我們看到了被當作關係代名詞的 that，所以這一句用的是形容詞子句。that had been sitting in the garage for years 是用來修飾說明前面的 couch。

2. Patrick didn't want to work such long hours, so he decided to quit his job.

(連接詞) 子句 分詞 在這個句子裡我們看到了連接詞 so，所以這一句用的是連接詞。so 在這裡用來連接前後兩個句子。

3. Janet left in a hurry, knowing that she was already late for the meeting.

連接詞 子句 (分詞) 這裡後半句的開頭是 knowing，也就是一個現在分詞，所以這一句用的是分詞。

4. The company is doing very well, which is a relief to all the investors.

連接詞 (子句) 分詞 在這個句子裡我們看到了關係代名詞 which，所以這一句用的是形容詞子句。這裡的 which 指的是前面整件事，表示「公司營運順利」這件事讓所有投資人鬆了一口氣。

5. Driven by a desire to succeed, he spent most of his time in the office.

連接詞 子句 (分詞) 這裡前半句的開頭是 driven，也就是一個過去分詞，所以這一句用的是分詞。

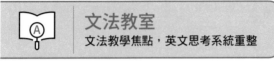
分詞構句

「分詞構句」通常是由副詞子句簡化而來的。它是把原本用連接詞連接且主詞相同的兩句話之一簡化，改用分詞開頭。不過，並不是所有用連接詞連接的兩個句子都可以改為分詞構句。它們必須符合以下條件：

● 這兩個句子有時間、因果關係，也就是原本用連接詞 and、before、after、when、while、as（當……的時候；因為）、because、since（因為）、once（一旦）等字連接的兩個句子。
● 這兩個句子的主詞必須一致。

當兩個句子符合以上條件時，用分詞構句結合的步驟如下：

步驟 1 │ 找出要變成分詞構句的那個句子
● 若兩句連接詞為 and：把先發生的事情，或說明原因的那句變成分詞構句。
● 若兩句連接詞為 before、after、when、while、as、because、since、once、on、upon 等字：把這些字後面接的那句變成分詞構句。

步驟 2 │ 把變成分詞構句的那一個句子的主詞拿掉，並注意：
● 連接詞若為 and、because、as、since，連接詞跟主詞一起去掉。
● 對於先後順序的理解會有影響的連接詞，像 before、after：主詞須保留。
● 連接詞 when、while：主詞可以保留也可以去掉。

步驟 3 │ 決定分詞構句開頭要用 Ving 或 p.p
● 若原本句子為主動語態：將動詞改為 Ving。
● 若原本句子為為被動語態：將動詞改為 p.p.。

分詞構句完成後要注意：

● 用 and、while、when 等連接的句子，先發生的那件事，或是說明原因的事改為分詞構句後，要放在句首。

● 記得將省略掉的主詞在另一句中說明，並將受詞或地點等做適當調整讓語意清楚。

分詞構句示範例句

1. 因果關係

Hank lives in a small town, and **he** is used to clean air and friendly people.

表原因句子做分詞構句，並捨去連接詞 and：

→ **Living** in a small town, **Hank** is used to clean air and friendly people.

2. 先後順序

Before **Hank** moved to a small town, **he** lived in a crowded city.

連接詞 before 後的句子做分詞構句，before 須保留：

→ **Before moving** to a small town, **Hank** lived in a crowded city.

3. 因果關係

The little boy was rushed to the hospital because **he** was hit by a bus.

動詞、主詞為被動關係，故將說明原因的句子以 p.p 做分詞構句，並將此句移至句首，捨去 because：

→ **Hit** by a bus, the little boy was rushed to the hospital.

請將下列句子用分詞構句的方式改寫。

1. While we were sitting in the café, we watched the people walking by.

_____

2. Bill went to bed at 10:00 since he had to get up early.

_____

3. She grew up on a farm, so she learned to love animals.

_____

4. We realized that we'd left our passports at home when we arrived at the airport.

_____

5. My sister can't quit her job because she's a single mother.

_____

6. We were starved after the long hike, and we ate all the food we brought.

_____

7. Before the host announced the results, he cleared his throat.

_____

◉ 練習解答

1. (While) Sitting in the café, we watched the people walking by.

2. Having to get up early, Bill went to bed at 10:00.

3. Growing up on a farm, she learned to love animals.

4. (On) Arriving at the airport, we realized that we'd left our passports at home.

5. Being a single mother, my sister can't quit her job.

6. Starved after the long hike, we ate all the food we brought.

7. Before announcing the results, the host cleared his throat.

= The host cleared his throat before announcing the results.

NOTE

讓句子更活潑

◉ 文法焦點
分詞構句 Part 2

A⁺ Excellent！

Adjacent to the carpark, a low-roofed, red c
unprotected from the scorching sun. Jack co
windows, but even fewer intact panes of gla
ling and there were long smears of rust flow

焦點文法
本單元主題會運用到的文法

上個單元我們提到，所謂「分詞構句」，指的是將一個子句簡化，去掉了其中的主詞後，用一個分詞（Ving 或 p.p.）開頭的句型結構。這次我們將介紹如何將否定句、完成式的句子改為分詞構句。

文法句型判讀
請找出下列五個句子中的名詞子句並畫線，
同時判斷它們在句子裡是當作主詞或受詞

請找出下列各組題目中第一句的分詞劃底線，並在第二句中選出該用哪個連接詞：

(   ) 1. She started chatting online, not knowing her boss was standing behind her.
   = She started chatting online, _____ she didn't know her boss was standing behind her.
   (A) When　　(B) before　　(C) and　　(D) because

(   ) 2. Being a gentleman, Tom always holds the door for ladies.
   = _____ Tom is a gentleman, he always holds the door for ladies.
   (A) If　　(B) Since　　(C) After　　(D) While

(   ) 3. Traveling across the country, Janice met a lot of interesting people.
   = _____ Janice travelled across the country, she met a lot of interesting people.
   (A) If　　(B) Although　　(C) While　　(D) When

文法句型解析
這樣拆解,再長的句子也看得懂!

(C) 1. She started chatting online, not <u>knowing</u> her boss was standing behind her.
= She started chatting online, **and** she didn't know her boss was standing behind her.

這句話裡的分詞是後半句的 knowing,前半句的 chatting 只是接在 start 後面的動名詞。句子的意思是「她開始上網聊天,不知道老闆站在她後面。」這兩個句子不是因果關係,也沒有時間上的先後,而是用後半句補充說明前半句當時的狀況,因此正確的連接詞是 and。

(B) 2. <u>Being</u> a gentleman, Tom always holds the door for ladies.
= **Since** Tom is a gentleman, he always holds the door for ladies.

這句話裡的分詞是前半句的 being。還原成兩個獨立的子句後,可以看出兩者間有因果關係,所以正確的連接詞應選 since(因為;由於)。若選擇用 if 的話,雖然語意上好像也說得通,但在假設語氣的句型裡,後半句就應改為未來式的 he will always hold the door for ladies,或是把兩句都改成和現在事實不符的假設語氣:If Tom were a gentleman, he would always hold the door for ladies. 才對。

(C) 3. <u>Traveling</u> across the country, Janice met a lot of interesting people.
= **When** Janice travelled across the country, she met a lot of interesting people.

這句話裡的分詞是前半句的 traveling。從句意可以看出應該是用「當……的時候」作為連接詞,雖然 when 和 while 都有此意,但若用 while 的話,後面必須接進行式,所以正確的連接詞應選 when。

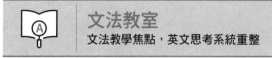
將否定句、完成式的句子改為分詞構句

上一個單元我們教大家如何把兩個主詞一樣，且有時間或因果關係的句子用分詞構句的方式連接，不過上次練習的句子都是簡單式或進行式的肯定句。當句子是否定句（裡面會有 not）或是完成式的句子（裡面有 have/has/had + p.p.），又該如何改成分詞構句呢？

將否定句改為分詞構句

● 主動語態的否定句，直接將 **not** 放在分詞 **Ving** 前面即可。

例 She didn't know what to do, so she called her mother for advice.

　→ **Not knowing** what to do, she called her mother for advice.

● 被動語態的否定句，則把 **not** 放在由 **be** 動詞演變來的現在分詞 **being** 的前面。

例 Jeff was not promoted, so he decided to look for another job.

　→ **Not being** promoted, Jeff decided to look for another job.

將完成式的句子改為分詞構句

● 主動語態的完成式句子，須將助動詞 **have/has/had** 改為分詞 **having**，後面接 **p.p.**。

例 She had eaten big meal, so she didn't feel like having any dessert.

　→ **Having** eaten a big meal, she didn't feel like having any dessert.

● 被動語態的完成式句子，先將助動詞 **have/has/had** 改為分詞 **having**，後面接 **been + p.p.**。

例 I had been told to arrive early, so I left home at 6:00 a.m.

　→ **Having** been told to arrive early, I left home at 6:00 a.m.

分詞構句？還是形容詞子句的縮略？

● 兩個主詞相同且用連接詞連接的句子，即可改寫為分詞構句，且<u>分詞大多置於句首</u>。

例 When she looks back, she regrets telling him the truth.

    連接詞   相同主詞

合併為分詞構句：

→ **Looking** back, she regrets telling him the truth.

● 但是形容詞子句的縮略，是將子句中的動詞變成分詞，用來補充說明主要句子中的某個名詞（先行詞，未必是整個句子的主詞）。**形容詞子句縮略為分詞，<u>仍要放在所修飾的名詞後面</u>。**

例 Do you know the woman who is talking to your brother?

          先行詞   形容詞子句

= Do you know the woman talking to your brother?

          說明   the woman 後

例 Taipei 101, which is located in a convenient business and shopping district, attracts

    先行詞   形容詞子句

thousands of visitors every month.

= Taipei 101, located in a convenient business and shopping district, attracts

            說明 Taipei 101

thousands of visitors every month.

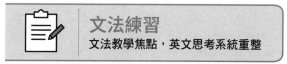
依提示改寫下列句子。

1. Susan had to walk home because she didn't have enough money to take the bus.（用 Not 開頭）

   _____

2. They ignored our advice and got themselves into serious trouble.（用 Ving 開頭）

   _____

3. Tom had already finished the exam, so he was allowed to leave early.（用 Ving 開頭）

   _____

4. Because I wasn't informed of your decision, I did what I thought was best.（用 Not 開頭）

   _____

5. He had been let down too many times, so he didn't believe anyone easily.（用 Ving 開頭）

   _____

6. Can you see the boat entering the harbor?（用 that 插入句中）

   _____

7. Driving home, I saw an old friend of mine.（用 while 改寫）

   _____

NOTE

讓句子變化更豐富

◉ **文法焦點**
子句總複習

焦點文法
本單元主題會運用到的文法

易混淆子句比較

名詞子句 vs. 形容詞子句

例 I don't know where he lives.
　　　　　　名詞子句

I don't know the building where he lives.
　　　　　先行詞　　　形容詞子句

兩者最顯著差別：形容詞子句具有修飾功能，因此前方會有先行詞 (the building)，功用是用來修飾先行詞。名詞子句本身就已經是一個名詞（做為 know 的受詞），因此前方不可以再有其他名詞。

形容詞子句 vs. 副詞子句

例 It was the day when Brett and his girlfriend had their first date.
　　　　先行詞　　　　　　　　形容詞子句

It was a rainy day when Brett and his girlfriend had their first date.
　　　事件 1　　　　　　（由副詞子句帶出）事件 2

● 這兩種子句的判斷通常要從句義下手。

● 第一句是要強調他們約會的「那一天」(the day)，後方的 when… 就是用來修飾 the day 的形容詞子句。這裡的 when 也可以改成 that。

● 第二句描述的是兩個有關聯的事件：「當時是個下雨天」以及「他們第一次約會」。所以這裡的 when 是個表示時間的連接詞，引導副詞子句來說明第二個相關事件。

形容詞子句簡化 vs. 分詞構句

例 We went to see the little boy **hit by a bus**.

　　　　　　　　　　先行詞　　　形容詞片語

Hit by a bus, the little boy was rushed to the hospital.

　事件 1　　　　　　　　　　事件 2

（由副詞子句帶出）

● 這兩種句型簡化後都含有分詞 (p.p. / Ving) 型態，代表主詞的主動或被動語態。

● 第一句的形容詞片語 hit by a bus 前方有先行詞 the little boy，功能是修飾或說明先行詞。

● 第二句的分詞構句本身就是一件事 (Because he was) hit by a bus，因為和事件 2 的主詞相同，可以省略連接兩個事件的連接詞 because，只留下分詞狀態，功能是簡化過於冗長的句子。

學過了各種子句和分詞構句後，各位讀者是否已經會分辨它們的不同了呢？現在就請大家
來試試看，判別以下畫底線的句子分別是哪一種子句：

名詞子句　形容詞子句　副詞子句　分詞構句　**1. Jerry moved to another city** <u>after his mother passed away</u>.

名詞子句　形容詞子句　副詞子句　分詞構句　**2. The hurricane kept moving north,** <u>leaving thousands homeless in its wake</u>.

名詞子句　形容詞子句　副詞子句　分詞構句　**3. They eventually realized** <u>what kind of person Isaac really was</u>.

名詞子句　形容詞子句　副詞子句　分詞構句　**4.** <u>Embarrassed by her sister's behavior</u>, **Sally apologized to everyone at the party.**

名詞子句　形容詞子句　副詞子句　分詞構句　**5. Mr. Johnson,** <u>who has no experience in sales</u>, **has been promoted to the position of marketing manager.**

名詞子句　形容詞子句　副詞子句　分詞構句　**6. The sign marks the location** <u>where the famous battle took place</u>.

名詞子句　形容詞子句　副詞子句　分詞構句　**7. The sign marks** <u>where the famous battle took place</u>.

名詞子句　形容詞子句　副詞子句　分詞構句　**8. It was a harsh winter** <u>when the famous battle took place</u>.

名詞子句　形容詞子句　副詞子句　分詞構句　**9. The mayor,** <u>accused of tax evasion</u>, **announced his resignation yesterday.**

名詞子句　形容詞子句　副詞子句　分詞構句　**10. None of the children know** <u>what really happened</u>.

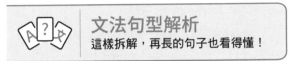

文法句型解析
這樣拆解，再長的句子也看得懂！

1. Jerry moved to another city after his mother passed away.

名詞子句　形容詞子句　(副詞子句)　分詞構句　因為是由連接詞 after 帶出的子句。

2. The hurricane kept moving north, leaving thousands homeless in its wake.

名詞子句　形容詞子句　副詞子句　(分詞構句)　原本的句子應該是：The hurricane kept moving north and left thousands of people homeless in its wake. 把連接詞拿掉後，後面的 left 因為是主動語態，所以改成現在分詞 leaving。

3. They eventually realized what kind of person Isaac really was.

(名詞子句)　形容詞子句　副詞子句　分詞構句　what kind of person Isaac really was 接在動詞 realized 後面當作受詞，故為名詞子句。

4. Embarrassed by her sister's behavior, Sally apologized to everyone at the party.

名詞子句　形容詞子句　副詞子句　(分詞構句)　因為句子開頭就是用過去分詞 embarrassed。原本的句子應該是：Because Sally was embarrassed by her sister's behavior, she apologized to everyone at the party.

5. Mr. Johnson, who has no experience in sales, has been promoted to the position of marketing manager.

名詞子句　(形容詞子句)　副詞子句　分詞構句　由關係代名詞 who 帶出的 who has no experience in sales 是用來修飾前面的 Mr. Johnson，針對此人做補充說明。

6. The sign marks the location where the famous battle took place.

名詞子句　(形容詞子句)　副詞子句　分詞構句　由關係副詞 where 帶出的 where the famous battle took place 是用來修飾前面的 location，針對此地點做補充說明。

7. The sign marks where the famous battle took place.

(名詞子句)　形容詞子句　副詞子句　分詞構句　where the famous battle took place 接在動詞 marks 後面當作受詞，故為名詞子句。

8. It was a harsh winter when the famous battle took place.

名詞子句 形容詞子句 (副詞子句) 分詞構句　分詞構句因為是由連接詞 when 帶出的子句。when 在此是連接詞「當⋯⋯的時候」，而不是要補充說明 winter 的關係副詞。

9. The mayor, accused of tax evasion, announced his resignation yesterday.

名詞子句 (形容詞子句) 副詞子句 分詞構句　分詞構句像這樣用兩個逗點隔出來的子句一定是形容詞子句，或是它的縮略寫法。這句是把原本的 The mayor, who is accused of tax evasion, ⋯⋯省掉了關係代名詞和後面的 be 動詞，只保留被動句型裡的過去分詞的寫法。

10. None of the children know what really happened.

(名詞子句) 形容詞子句 副詞子句 分詞構句　what really happened 接在動詞 know 後面當作受詞，故為名詞子句。

文法練習
文法教學焦點，英文思考系統重整

依提示改寫下列句子。

1. Ted was watching a football game on TV. His wife came home.（用 while 合併）

_____

2. Sam didn't want to miss his favorite show, so he left work early.（用 Ving 開頭）

_____

3. September 11 was the day. The historic tragedy happened.（第二句改為形容詞子句並合併）

_____

4. September 11 was the day. The historic tragedy happened.（刪除 the day 並合併）

_____

5. It was September 11. The historic tragedy happened.（用 when 當連接詞合併）

_____

6. The palace was built in the 18th century. It used to be the royal family's favorite retreat.（以非限定子句合併）

_____

7. The drunk driver denied causing the accident. He blamed it on the broken traffic light.（用分詞構句改寫）

_____

8. Why did Susan miss so many classes? The teacher wants to know.（用 The teacher wants... 開頭）

_____

1. While Ted was watching a football game on TV, his wife came home.
while 引導之副詞子句，說明與主要事件的關係

2. Not wanting to miss his favorite show, Sam left work early.
兩主詞相同，以分詞構句合併的否定句型

3. September 11 was the day when/that the historic tragedy happened.
修飾先行詞 the day 的形容詞子句

4. September 11 was when the historic tragedy happened.
when 引導之名詞子句，放在 be 動詞後當主詞補語

5. It was September 11 when the historic tragedy happened.
when 引導之副詞子句

6. The palace, (that was) built in the 18th century, used to be the royal family's favorite retreat.
先行詞為 the palace，需用限定子句，以兩逗號分隔主要子句及形容詞子句／片語

7. The drunk driver denied causing the accident, blaming it on the broken traffic light.
= Denying causing the accident, the drunk driver blamed it on the broken traffic light.
主詞相同，且無明顯因果關係，可省略任一句主詞，把動詞改為分詞的分詞構句

8. The teacher wants to know why Susan missed so many classes.
以名詞子句當 know 的受詞

翻譯解答

p. 127

隨著新科技讓行動裝置付款變得容易和安全，攜帶現金可能很快就成為過去式。以手機使用適當的應用程式，便可將信用卡資訊傳到商店的結帳設備。你的資訊會透過「近距離無線通訊」傳送，這非常安全。為提高安全性，手機也可要求拇指指紋或臉部掃描才能完成交易。行動支付已在亞洲廣泛使用，也迅速在美國流行起來。

Carrying cash may soon become a thing of the past as new technologies make it easy and safe to pay for things with your mobile device. With the proper apps, your phone can transmit your credit card information to a store's checkout device. Your information is conveyed by "near field technologies" (NFTs), which are very secure. For extra security, your phone may require your thumbprint or a scan of your face to complete the transaction. Mobile pay is already widely used in Asia and is quickly becoming more popular in the U.S., too.

p. 129

創作歌手艾德希蘭在 20 多歲時發行 2017 年全球最暢銷專輯。希蘭在舉世聞名前，童年時在英國西約克夏郡哈利法克斯學唱歌和彈吉他。這段時間認識他的人事後回想起來，都知道他註定會成功。希蘭小時候會口吃，但他發現唱歌能幫助他說話更清楚。多年來在頻繁的巡迴演出中，希蘭表示他想專心過家庭生活，並於 2020 年宣布妻子生了一個女嬰。

By the time he was in his mid-twenties, singer-songwriter Ed Sheeran had released the world's best-selling album of 2017. Sheeran had spent his childhood learning to sing and play guitar in Halifax, West Yorkshire, United Kingdom, before attaining worldwide fame. People who knew him during this time recall he had seemed destined for success. Sheeran had stuttered as a child, but he found singing helped him to speak more clearly. During years of frequent touring, Sheeran had expressed that he'd like to concentrate on his home life, and in 2020, he announced his wife had given birth to a baby girl.

戰勝英文翻譯與寫作：學好文法，寫出流暢短
文 /EZ TALK 編輯部作 . -- 初版 . -- 臺北市：
日月文化 , 2020.12
面； 公分 . -- (EZ 叢書館)
ISBN 978-986-248-925-3 (平裝)

1. 英語　2. 翻譯　3. 寫作法
805.1　　　　　　　　　　　　109016619

EZ 叢書館

戰勝英文翻譯與寫作：學好文法，寫出流暢短文

英 文 撰 文 ： Judd Piggott、Luke Farkas
總 審 訂 ： Luke Farkas
企 劃 主 編 ： 潘亭軒
翻 　 　 譯 ： 黃書英
校 　 　 對 ： 潘亭軒
封 面 設 計 ： 謝捲子
版 型 設 計 ： 白日設計
內 頁 排 版 ： 簡單瑛設

發 行 人 ： 洪祺祥
副 總 經 理 ： 洪偉傑
副 總 編 輯 ： 曹仲堯
法 律 顧 問 ： 建大法律事務所
財 務 顧 問 ： 高威會計師事務所

出 　 　 版 ： 日月文化出版股份有限公司
製 　 　 作 ： EZ叢書館
地 　 　 址 ： 臺北市信義路三段151號8樓
電 　 　 話 ： (02) 2708-5509
傳 　 　 真 ： (02) 2708-6157
網 　 　 址 ： www.heliopolis.com.tw
郵 撥 帳 號 ： 19716071日月文化出版股份有限公司

總 經 銷 ： 聯合發行股份有限公司
電 　 　 話 ： (02) 2917-8022
傳 　 　 真 ： (02) 2915-7212

印 　 　 刷 ： 中原造像股份有限公司
初 　 　 版 ： 2020年12月
定 　 　 價 ： 320元
I S B N ： 978-986-248-925-3